U0484929

高高BOOKS

残雪 著

阿琳娜

时代出版传媒股份有限公司
安徽文艺出版社

图书在版编目（CIP）数据

阿琳娜 / 残雪著. — 合肥：安徽文艺出版社，2022.9
ISBN 978-7-5396-7543-5

Ⅰ.①阿… Ⅱ.①残… Ⅲ.①中篇小说－小说集－中国－当代②短篇小说－小说集－中国－当代 Ⅳ.①I247.7

中国版本图书馆CIP数据核字(2022)第 161590 号

阿琳娜
A LIN NA

出 版 人：姚　巍
责任编辑：张妍妍　宋潇婧　　策　划：高高 BOOKS
选题统筹：高　欣　　　　　　 装帧设计：高高 BOOKS

出版发行：安徽文艺出版社　www.awpub.com
地　　址：合肥市翡翠路1118号　　邮政编码：230071
营 销 部：(0551)63533889
印　　制：北京盛通印刷股份有限公司　(010)52249888

开本：787×1092　1/32　印张：6.5　字数：78千字
版次：2022年9月第1版
印次：2022年9月第1次印刷
定价：42.00元

（如发现印装质量问题，影响阅读，请与出版社联系调换）

版权所有，侵权必究

*

一位真正的作家中的作家

*

在20世纪90年代,美国文坛大佬苏珊·桑塔格女士对布莱德福·莫罗先生说,即使中国只有一个获得诺贝尔文学奖的名额,那也应该属于残雪(这句话在美国文坛被多次引用)。布莱德福·莫罗是美国最有名的实验文学杂志《连接》的总编,著名小说家,多次获得欧·亨利奖等奖项。他在2019年说:"残雪的小说总是像一个奇迹,她是世界文坛上极有创造性、极为重要的作家之一。"美国汉学家蓝温蒂女士在20世纪90年代也说过,苏珊·桑塔格女士最想写的小说就是残雪的那种小说。

2009年,残雪第一次访问了耶鲁大学。在耶鲁大学东亚语言文学系的办公室里同世界文学理论批评界的大佬哈罗德·布鲁姆先生进行了长达一小时的录音会谈。谈话中残雪直率地说起国内批评界对她的作品的贬低。哈罗德·布鲁姆先生立即回应残雪说："我请求您不要浪费您的宝贵的时间去理睬那些人。形势是一定会改变的，请您相信我的经验。"在谈话中，哈罗德·布鲁姆先生带着感情对残雪说："我的那些老朋友几乎都已经去世了，我感到，您是一位可以同我一月又一月、一年又一年地对谈下去的朋友。"

*

世界说残雪

*

残雪这位女性作家是中国的卡夫卡,甚至比卡夫卡更厉害……是位很特别的作家。

—— 马悦然

诺贝尔文学奖评委、瑞典著名汉学家

相对于余华、苏童和2012年诺贝尔文学奖获得者莫言等当代作家的社会性讽刺性现实主义作品,残雪作品的想象力飞得更高,也挖掘得更深。

—— 博伊德·唐金

英国《独立报》资深文学编辑

曾任国际布克奖评委会主席,现为该奖终身顾问

*

如果要我说出谁是中国最好的作家，我会毫不犹豫地说："残雪。"

—— 苏珊·桑塔格
美国作家、艺术评论家

我无法相信这样一位作家——直率地说，她无可匹敌——在英语文学世界里还未获得她应得的声誉。她的近期作品更是从手法上和感情上大大超越了她的早期作品。

—— 乔恩·所罗门
美国小说家

*

她沉浸于那些令人恐怖的意象中,同时保留不动声色的仁慈。

—— 布莱德·马罗
美国作家

中国作家残雪,她绝对是中国作家中的特例。她的作品达到了我所说的完全自由的境界,在她的作品中,只有人。

—— 谢尔盖·托洛普采夫
俄罗斯汉学家

作为空中楼阁的代表,大概推举残雪为妥吧。这楼阁,即使在形成'85高峰的作品中,也显得高不可攀。

—— 高岛俊男

日本学者

推荐序

我认为《阿琳娜》是一个典型的比较文本。故事发生在"半明半暗的氛围"之中，那就像梦和你的大多数作品的氛围。阿琳娜在黎明前出现在描述者的床上，像那种梦中情人（符合心愿地十分美丽）。她是一位淘气的向导，带领描述者走进这种故事中通常所具有的飘浮不定的风景里，使得描述者沦陷在那里头。故事的末尾，描述者无目的地跑过暴雨中的街道这一情节暗示着无法平息的渴望。就仿佛（看上去他是因放弃追求而回家了）他所置身的事件（生活）不可能有满意的结局，他所得到的只不过是对某种超出白天存在物的东西的短短的一瞥——阿琳娜，活的石头，奇怪的山，最后，对那一切的渴望的记忆。他无法返回，除非阿琳娜再次出现在他的梦（生活）里。难道不是所有的故事都必须如此结尾吗？

罗伯特·库弗*

---

* 罗伯特·库弗是美国著名实验小说作家、残雪的挚友，他非常欣赏残雪，称她为"新的世界大师"。残雪于1991年参加了他在布朗大学主持的文学节。2002年，库弗来到残雪在北京的家中，和残雪畅谈文学。这封为美国文学杂志《炸弹》撰写的电邮发表于2009年。

推荐序

  这些作品中包含了残雪的独一无二的品质：一种语言的性感柔美；一种同宇宙性博爱紧密相连的神秘联系；故事的转折是如此超出常规阅读的期待，令人震惊。

  它们还是妇女与母性的强大力量的赞歌。令读者确信她们能够治愈创伤，引导人类。这也是大自然的再生能力和智慧的证明。作品中还充满了对于人们的爱情的幽默，显示出在现代爱情中那种古老永恒的元素。总而言之，这是一些非凡的小说。

唐纳蒂契

美国小说家、耶鲁大学出版社社长

写于 2021 年夏天

目录

无穷的诱惑　1

小姑娘黄花　25

月光之舞　67

阿琳娜　89

回家　111

女孩和胭脂　141

启明星　169

无穷的诱惑

那天夜里阿娥只要一睡着就看见那片森林,而她自己身处林中。开始的时候还只发现一只蝎子,到后来又发现到处都是蝎子,枯叶底下、树干上头、叶片后面都在探头探脑,她一次又一次地发出怪叫惊醒过来,简直比死还难受。

阿娥在院子里玩"捉强盗"的游戏时,一块尖锐的碎玻璃割破了她的脚板,血涌了出来,她立刻哭了起来,一瘸一瘸地往家里走。在她的身后,孩子们照旧在疯跑,没人注意到她的离开。

阿娥一进门就止了哭,她打开柜子,从底下的抽屉里找出一条破布,将脚板缠起来。血不断地渗出来,她又加了一条布。她在做这些事的时候,一直惊恐地竖着耳朵,担心在后院修理木桶的父亲进来看见她。血很快止住了,阿娥解下那两条沾了血的布条,再用一条干净的布缠好脚板,然后站起来想把那两条脏布扔到垃圾桶里去。她刚一起身，门就开了，但进来的不是父亲，却是姐姐阿仙。

"那是什么？"她咄咄逼人，又有几分得意地指着阿娥的脚。

"不要告诉老爸。"阿娥哀求道。

"这么多血！你的脚！闯大祸了啊！"阿仙故意高声叫喊。

一瞬间，阿娥觉得天都要塌下来了，她急急忙忙将那两条破布藏进门后边的草袋里，一只幼鼠嗖地一下从草袋里溜出来，亡命地逃。她用力动了几下，脚板又开始渗血了。阿仙仔细地观察了妹妹一阵，转身往后院走去。阿娥知道她找老爸告状去了，便胆战心惊地坐在竹椅上等着，她预料会有一场风暴。然而等了又等，父亲那边还没有动静，她于是想，会不会老爸太忙了(早上她看见有三个人来找他修桶)，没时间来惩罚她呢？这样一想就有点放心了。她决定到柴棚里去度过一天。她走的时候将那两条脏破布从门后的草袋里拿出来,跛着足一下台阶就将它们扔到了垃圾桶里,还从地上抓了两把枯叶盖在上头。

柴棚离房子有十来米远,里面住着阿娥的老朋友大灰鼠。一看见屋角那个草屑和破絮做成的窝,阿娥的心里就涌上一阵温暖,她知道那里面有几只小鼠,是早几天产下的,还没睁眼,昨天她趁大灰鼠外出觅食的时候偷看了那些几乎是透明的小东西。阿娥离老鼠窝远远地坐了下来。从柴棚里可以听到阿仙的声音,她到底在同老爸讲些什么呢?也可能他们是在商量惩罚她的事吧。而前面院子里,玩"捉强盗"的小孩们又在大呼小叫。

挨到下午,饥肠辘辘的阿娥终于忍不住了,她打算偷偷溜到房里去吃饭。她走进厨房,看见阿仙正在洗碗,阿仙满腹狐疑地瞪着她。

"饭菜都留在碗橱里,老爸一直在念叨你,我们还以为你出事了呢!"

阿琳娜

阿仙的声音变得十分柔软，简直有点谄媚的味道，阿娥真是受宠若惊。阿仙快手快脚地将饭菜在桌上摆好了，阿娥坐下来，宛如在梦中似的开始狼吞虎咽，一边听姐姐在旁边絮叨。

"阿娥呀，老爸说你会死于破伤风呢，你觉得怎么样啊？要知道妈妈就死于破伤风。我一贯不赞成你同那些野孩子玩，为什么你就听不进去呢？其实我早知道篱笆那里有很多碎玻璃，我去年在那里砸了几个酒瓶子，只是我没料到你会这么快受伤。不过话又说回来，你现在受伤了，我简直羡慕死你了。上午我看见你的脚肿得那么大，我就跑到老爸那里，他正在箍桶，头也不抬就问我是不是破酒瓶割的，还说那些酒瓶都是装过毒酒的，这下你没法死里逃生了呢。老爸的话弄得我心里很乱，一静下来我就想起你描花用的那些模板，你干脆都把它们交给我保存算了，你也用不上了。我知道你和小梅好，她送了你那些模板，可是如果你不问她要，她就一定送给我了,你说是不是?你现在还要那些东西干什么呢?"

阿仙说到这里就皱起眉头,似乎想不通这件事,又似乎在心里谋划什么。阿娥洗好碗准备回房里去时,看见阿仙还站在灶台边傻笑,她就不理姐姐,一个人先回卧房了。这是她和阿仙两个人的卧房,面对面放着两张床,床之间有个衣柜,上午阿娥就是从衣柜底下的抽屉里找出布来缠伤口的。现在她又打开柜子,掏出钥匙开开了边上一个上了锁的抽屉,拿出那套模板。模板是桃木做的,光溜溜泛出红色,共有四件,可以描四种花样,都是用来绣枕头的,小梅告诉阿娥这是偷了她母亲的,前些天母亲还到处找呢。阿娥还不会绣花,但神奇的模板令她心醉,没事的时候她就用铅笔在旧报纸上描花,描了一张又一张,那种感觉妙不可言。她将那几块描花板抚弄了一阵之后,小心翼翼地放回牛皮纸的袋子里,然后锁上抽屉。伤口隐隐地有点痛,却不再出血了。阿娥回想起阿仙说的那些话,猛地一下有点吃惊:莫非自己真的会死?刚才她还认为阿仙是小题大做呢(阿仙从来不说谎)。还有老爸,每回她和阿仙犯了错都是给她们两巴掌,这一回倒真是例外了。是不是由于老爸优待了自己,阿仙才说"羡慕死你了"呢?老爸又干吗要把有毒的酒瓶扔在房子周围呢?阿娥想不清这些事,她懒得想,她一贯的办法总是挨时间。"挨过了这一会儿就没事了。"她总这样对自己说。有的时候,一件不好的事发生了,她就到柴棚里去躲着,睡觉,睡醒之后那件事就冲淡了很多。今天阿仙说的这件事也许非同小可,不知怎么阿娥当时听了并没有怎么着急,现在回到房里重温那些话,才暗暗地有点急了起来,又怕阿仙看出自己着急。她坐在床上,将脚上缠的布条拆开看了又看,看不出伤口有什么异样。她想,也许那块玻璃根本不是毒酒瓶上面的,老爸和阿仙都太武断了,简直武断得奇怪。阿娥决心走到村口去,只要她能走到村口,就说明根本没有问题,一个快死的人怎么能走到村口去呢?

父亲追上来的时候,阿娥已经走过了柴棚,快到小梅家门口了。

"你找死啊,还不回去躺着!"他很凶地吼道。

"我、我好好的嘛……"阿娥小声地辩解。

"好好的!就快有好戏看了!"

父亲始终板着一张脸,阿娥不敢打量他,像老鼠一样靠边溜。

"哪里去哪里去,不想活了吧!赶快死到床上去,死在外面没人收尸!"

被父亲一追一骂,阿娥的脚也不瘸了,急急地回到房里。她一推门,看见阿仙正在拨弄装着模板的抽屉匙孔,她用一根铁丝去套那把锁,听见开门的声音,她立刻扔了铁丝,一脸涨红了。

"你就这么等不及了啊,反正我快死了嘛。"

阿仙嘭地一声关了柜子,气呼呼地出去了。阿娥知道她又去找老爸去了。奇怪，老爸并不喜欢阿仙，两姊妹相比之下他反倒更喜欢阿娥一些。可这个阿仙，从小到大一直坚持不懈地在老爸面前讨好，哪怕老爸对她恶声恶气她也从不气馁。

　　阿娥躺在床上，闭上眼强迫自己入睡，她有点急于要睡着。一会儿她就迷迷糊糊的了。她在梦中误入了一片森林，走不出来了。林子里很冷，周围长着一棵棵参天大树，她接连打了好几个喷嚏，突然一低头，看见自己的脚被一根竹尖刺穿了，自己被钉在原地不能动，一阵难以形容的刺痛使她发出一声尖叫，于是她醒了。她的头发汗得湿淋淋的，但脚上的伤口倒并不痛，这是怎么回事呢？莫非梦里是另一个人踩着了竹尖，那个人才是快死的人？阿娥虽然脚板不痛，梦中的痛感却深深地留在她记忆里。窗外的杨树被风吹得沙沙响，阿娥害怕再回到那个梦里去，可她不知怎么又很想回到那个梦里，以便搞清一些事。她就这样犹豫不决地半睡半醒，然而终于醒来了,因为阿仙在厨房里摔破了一只碗,弄出很大的响声。

阿娥到厨房去帮阿仙的忙,她正要去淘米,阿仙突然客气起来,从她手中抢下锅子,一迭声地说:"你歇着吧,你歇着吧。"她的举动令阿娥满腹狐疑。阿仙手脚不停地忙着,阿娥在边上看,她很羡慕阿仙干活的那种熟练派头,她自己怎么也学不会。现在阿仙正聚精会神地用火钳将和好的湿煤滚成一个个小团子,一个一个沿灶膛垒好,她那只灵活的右手如同与火钳连为一体了似的,她的样子有点骄傲。

"阿仙啊,我做怪梦了呢,我梦见自己要死了。"阿娥忍不住说出来。

"嘘!不要让老爸听见了。"

"那不过是一个梦。"阿娥又补充道,"不见得吧?"阿仙探询地看了她一眼又低下头干活。

吃晚饭的时候父亲一言不发,直到都吃完了,阿仙站起来收拾碗筷时,他才迸出一句:

"阿娥不要到外面去了。"

"我好好的,我一点事都没有。"阿娥面红耳赤地争辩。

父亲不理会她,一甩手就走掉了。"真傻,真傻!"阿仙说,一把从阿娥手中夺过碗,"歇着去吧!"

小梅的家里亮着灯,一家人正在狼吞虎咽地吃饭。阿娥进屋后,小梅只是简单地朝她点了下头,示意她等着,就不再朝她这边看了。他们吃的是南瓜粥和饼子,个个吃得满面流汗,小梅的两个弟弟把脸都埋到大海碗里面去了。小梅的父亲和母亲也不朝阿娥看,他们脸上似乎都有点怒容。阿娥靠墙站着,站了好久。一家人吃完都到里面房里去了,只剩下小梅在收拾桌子。阿娥想,小梅真怪,现在爸妈都不在这里了,她怎么还是看都不看我阿娥一眼?小梅把碗摞到一起,用两只手端着去厨房。阿娥也跟了去,不料小梅在厨房抓了块抹布又反身回来抹桌子,这就同阿娥撞上了。

"你快走吧,快走!我以后再去找你。"她急急地说,竟然用力将阿娥往门外一推。

阿娥从小梅家的台阶上摔了下来,她坐起来后立刻察看自己的脚板。还好,脚板上的伤口没事。一抬头,又看见小梅在焦急地朝她打手势,小声喊着:"快走,你快走啊!"然后她就缩进去再不出来了。

阿娥现在真的感到有点危险了,想起父亲的命令和那神态,不由得打了个冷颤。周围夜幕沉沉,黑地里有两个人提着风灯在急匆匆地走,他们很快就经过了阿娥身边,听见其中一个人说了一句:"只要赶紧,总是来得及的,从前我们老家的人啊……"阿娥正要爬起来回家去,阿仙却又赶来了。阿仙气喘吁吁的,凑到阿娥脸上说:

"我不敢一个人待在房里。"

"老爸要打人吗?"

阿仙使劲摇头。

"怎么回事呢？"

"我在房里想起你的事，越想越怕，你为什么老在外面转呢？不过外面真好，这么黑，好像用不着害怕了似的。"

她很体贴地拉起阿娥的手，同她一道慢慢地在小路上踱步，使阿娥一下子大为感动。以前她一直认为阿仙在胡说八道，认为阿仙挑动父亲来反对她，可是这一刻，她感到迷惑了，也许阿仙真的比她懂事，知道一些她蒙在鼓里不知道的事呢？她为什么把阿娥该干的家务活全部抢过去代劳？阿仙从小头脑清楚，是个有心计的人，这一点阿娥领教过好多次了。这样一想，阿娥就对阿仙生出依赖的感觉，她把阿仙的手握得紧了些，在心里嘀咕：万一有什么事发生，不是还有阿仙顶着吗？她那么贤淑，什么事都帮自己安排得好好的，自己正应该依赖她嘛。想到这里，阿娥忽然发现自己一直在随着阿仙走，她们并没有走远,就绕着小梅家兜圈子。现在路上真是一个人都没有了,而山里刮来的风就像在唱歌似的。阿仙一直沉默着,她到底在想什么呢?还是什么都没想?

"我们到老爸那里去吧。"

转了好几个圈之后阿仙终于提议道。

她们走进后院时父亲正在黑暗中劈柴,发出的响声很有节奏。阿娥非常吃惊,不相信父亲在这样的黑夜里还可以看得见。事实却是,父亲明明在有条不紊地干活,就如同白天一样。

"老爸,老爸,我们害怕!"阿仙声音颤抖地说。

"怕什么呢?"

父亲放下手里的活,走过来和蔼地说。

阿娥看不清父亲的脸,他的声调让她放下心来,心想老爸已经不生气了。

"阿娥该不会害怕吧?阿仙要向阿娥学习才对啊。我在这里劈柴,满脑子装的都是你们两个的事。你们母亲去世以来,我总是提心吊胆的,有时半夜我都起来劈柴,要说害怕,应该是我害怕,你们有什么可害怕的呢?"

他说完这些又弯下腰去干活了。

那天夜里阿娥只要一睡着就看见那片森林,而她自己身处林中。开始的时候还只发现一只蝎子,到后来又发现到处都是蝎子,枯叶底下、树干上头、叶片后面都在探头探脑,她一次又一次地发出怪叫惊醒过来,简直比死还难受。阿娥醒来时,往往赫然看见阿仙立在对面床上一动不动,好像在观看窗外的夜色。最后,阿娥不想睡了,她开了灯,浑身是汗地坐在床上。

"阿娥真勇敢。"阿仙的声音里有妒忌。

阿仙跳下床,挨到阿娥身旁,给她一条手巾擦汗。

"老爸沿篱笆撒那些毒酒瓶的碎玻璃时,我就在旁边,他不让我插手,他总是这样的。我白天对你说是我扔的碎酒瓶,那是虚荣心作怪。"

阿仙在沉思。阿娥忽然觉得阿仙的脸在灯光下变成了影子,就忍不住伸出手去朝她脸上抓了一把,她抓到手的东西却发出枯叶一般的碎裂声。阿仙立刻动了动身子,责备地说:

"你干什么呀,真不懂事。给你说了好多次,指甲总是不剪。你猜老爸在干什么?听!"

阿娥什么都没听到。阿仙却紧张得不得了的样子,蹑手蹑脚地开了房门,轻轻地溜到了外面。阿娥懒得跟出去,就关了灯,坐在床上想心事。她不止一次地想到,要死死地睡一大觉醒来,那时一切都会改变。可她又怕睡着了看见蝎子,心里矛盾得很。然而迷迷糊糊的,终于挡不住瞌睡,就又走进了那片树林。这一回她紧紧闭上眼什么都不看,到醒来时天已经大亮了。

时间才过了一天,阿娥就发现她脚上的伤口已经愈合了,可见她父亲和阿仙是在小题大做。虽然这样想，心里却并不轻松，夜里那些竹子和蝎子的梦总忘不了，那些梦又同伤口连在一起，每次都是受伤的这只脚被咬，被戳穿，部位也正好是伤口的所在，真是见了鬼了。那么到外面去吧，去找小梅和别的人，也许小梅要割猪草，那么自己就和她一道去割猪草，在割草的时候试探一下她，看看她对自己的态度有什么变化没有。

阿娥在家里剁完猪草后就去找小梅。

"小梅！小梅！"她伸着脖子喊。

屋里没有人应，一会儿却传来小梅父母的咒骂声，称阿娥是"扫把星"。阿娥只好从大门退出来，怏怏地沿着小路走，一会儿就走到了阿俊家。阿俊正在门前的菜园里平土。阿娥喊了她好几声，她才慢慢地抬起头，一边惊恐地左右环顾，一边做手势叫阿娥不要走近。然而阿俊的母亲出来了，妇人快步走到阿娥面前，一把搂过她的肩膀，仔细地端详她，口里说着："乖乖，乖……"阿娥很不好意思，很想挣脱出来，但妇人箍得紧紧的，不由分说地要对她表示亲呢。

"阿娥呀，你的父亲的手艺是不错，能赚不少的钱吧？不过我呀，不认为能赚钱有什么了不起，我也不想要我的儿女去攀附这样的人家，我不是那种目光短浅的人。我告诉你吧，一个人如果太高高在上了，他又知道很多常人不知道的事，那是要倒大霉的。其实啊，倒不如像我们阿俊这样，平平凡凡的，无忧无愁，像俗话说的：'知足常乐。'你的脚怎么样了？"

"脚？脚好好的嘛。"阿娥吓了一跳。

"哈哈，你不要骗我了，这件事在全村已是公开的秘密了。你想想阿仙那种人，她还瞒得住事情？看起来你有了这种事并不高兴，所以我说啊，还是平平凡凡的好。我总在想，你那老父亲，肚里打的什么算盘呢？喂，阿俊！阿俊！你锄到哪里去了，丢了魂啊？还不去喂猪！"

她突然松开阿娥，冲着阿俊吼了起来。阿俊立刻扔了锄头，撒腿往屋里跑。

阿娥想走，妇人攥紧她的肩头不让走。

"你的姐姐阿仙，是个好奇心很强的人，把自己搞得那么憔悴，我一点都不欣赏她，也不准我家阿俊同她来往。讲到你可就是另一回事了，你让我着迷。你笑一笑给我看看，笑一笑！啊，你不会笑，可怜的孩子，那家伙对你太严厉了。我不能放你进我的屋，阿俊毕竟有阿俊的生活道路。你父亲搞的那种勾当，大家都清楚，都想知道他会搞出个什么结果来，这就叫'拭目以待'，你懂得么？"

"不懂！不懂！"阿娥用力挣扎着。

妇人将她的肩膀攥得更紧了，嘴巴贴到了她耳朵上。

"原来你不懂！让我来教你吧，听着：不要由着性子在外面乱走，待在家里的时候，不要睡懒觉，时刻张起耳朵听你父亲的动静。这种事一开始会不习惯，时间长了就好了。"

阿娥扭着脖子从妇人肩头看过去，看见阿俊和小梅站在屋门口讲话，两个人都很兴奋的样子，双手比比画画的。阿娥想起从前同她们在一起玩耍的好日子，心里很凄惶。"小梅！小梅！"她绝望地喊道。

小梅愣了一愣，又装作没听见的样子继续同阿俊说笑着。

"你这个小丫头，真是不可救药。"阿俊的母亲咬牙切齿地说。

突然妇人猛力在她背上抠了一把，痛得她眼前一黑，坐倒在地上。

到她再睁开眼的时候，妇人不见了，阿俊和小梅也不见了，就好像他们刚才不在此地一样，只有她背上的疼痛提醒着刚刚发生的事。阿娥回想起妇人说的关于父亲的那些话，她虽然不太懂，也知道不是什么好事。经过了刚才这一场，她已经打消了找同伴的愿望了。她全身无力，努力了好久才摇摇晃晃地站了起来。刚才那妇人一定是损伤了她的背部，真阴毒啊。阿娥流着泪慢慢往村口走去，不知怎么她心里怀着那个倔强的愿望：一定要走到村口啊。她就像是在同她的老爸，同阿仙较劲似的。她走一走，歇一歇，路上一个人都没有，家家门口静悄悄的，若不是走在熟悉的村子里，她简直怀疑自己到了外地。就连往常牛吃草的那一片坡上，现在也是一条牛的影子都不见了。阿娥终于走到了村头的老樟树下，她靠着树干想休息一下，可是周围的这种死寂又渐渐让她恐慌起来。树上有一条棕色的长蛇，荡来荡去的，朝她吐着芯子，梦中的可怕情景突然全部重现了，她抱着头往回一阵疯跑，跑了好远才停下来。坐在地上脱下鞋一看，倒霉的伤口又裂开了，还有点红肿。

"阿娥快回家吧，时间已经不多了。"

她一抬头，看见父亲在她上头。真奇怪，难道老爸在跟踪她？

"我走不动。"她畏怯地抱怨道。

"来，我背你。"父亲说着就蹲了下去。

阿娥趴在父亲出汗的阔背上，思绪万千。她将小而薄的耳朵贴在父亲的躯体上，清晰地听到了男人的啜泣声。但是父亲并没有哭，那么这声音是从哪里来的呢？父亲正在数落阿娥，又说起装毒酒的瓶子；阿娥却在聚精会神地捕捉那种哭声，所以她完全不在乎父亲说些什么了。

父亲背着阿娥走了又走，阿娥发现他们不是向家中走去，却是从一条岔路往河边走。阿娥起先有点惊恐，但父亲背部发出的哭声像磁石一样吸引了她的注意力，她忘记了危险，也忘记了对家人的怨恨，一切一切都离她远去了，她凑在父亲的脖子后头轻轻地说："我的脚已经不痛了。"

父亲笑了起来。这时他俩已到了河里，河水淹到父亲的脖子，阿娥用力撑着父亲的肩头将自己的脸露出水面，父亲的大手却轻轻地将她往水下拉；她听见顺河风吹来阿仙哀怨的哭叫声，心里想，阿娥也许是妒忌自己吧？她闭上眼睛，在睡梦中喝了好多好多的河水，她奇怪自己不用眼睛也能看到天空里的蓝光。

阿娥第二天醒来得很晚，太阳都已经照在蚊帐上头了。

阿仙一动不动地站在床前看着她，那张脸新鲜得像早晨开放的南瓜花。

"阿娥，你已经完全好了，快起来剁猪菜，这两天我都累死了，该我休息了。那副描花模板，小梅昨天来找你要回去，你睡着了，我就从你口袋里找出钥匙开了抽屉，把东西给了她。没想到她寻思了一下，又将模板送给我了，天晓得她心里怎么想的。不过说实话，你拿了它又有什么用呢？你又不会绣花。"

"是没有用。"阿娥的声音轻飘飘的。

小姑娘黄花

这个东西并不是灵芝,有点像动物的内脏,轻轻一捏,就渗出血来。我一恶心,就将它扔到了地上。它在地上发出微弱的磷光。

一下午我都在房里筛米,我必须筛完一缸米。我的眼睛昏花,胳膊酸痛。

啊,太阳终于西斜了。我知道在黄昏的时候,禾坪的上空便会响起幼童们清脆的歌声。这种情形有过多次了。他们唱道:

"金稻穗呀,金太阳!

向日葵生长在山坡上!"

我向禾坪的方向望去,却从未看见过幼童。我的上方晃荡着一双赤脚,那是黄花的小脚,瘦瘦的、灵巧的、有疤痕的脚。她老坐在这棵树上吃桑葚,吃得嘴巴都成了紫色。

"黄花，黄花，你妈来了！"我说。

她立刻就像猫儿一样顺树干溜下去了。我再从窗口伸出头时，已经看不见她了。她总是躲着她的父母在外面游荡。

我把谷子拢到一起，将米缸盖好，就去厨房找吃的。爸爸妈妈和哥哥还没回来，他们在邻村打短工。我们这里地少人多，所有的人都常出去打短工。饭已经蒸好了，我先装了一碗吃起来，饿起来没有菜也吃得很香。

一碗饭还没有吃完，黄花就钻到厨房里来了。她蹦蹦跳跳的，猪尾巴辫子甩动着，突然她跳上了灶台，叉腰站在上面。

"黄花你干什么，我爸要回来了。"我说。

但是黄花还是不下来，过一会儿她又站到了窗台上。她说我们家厨房里有吃人的耗子，像一只小枕头那么大。天已经黑了，我很害怕黄花碰跌碗碟，

就起身去搂了柴来烧火,好让厨房里有亮光。我一边烧火,一边炒萝卜丝,这期间黄花一动不动地站在窗台上,也不怕烟熏。我说:

"黄花啊黄花,你这个小孩,你回自己家里去吧。你站在这里,我就老想着你的事,我自己的事全都做不成了!"

我听见父母哥哥他们进了院子,正在放工具。当我从外面提了一桶水进来时,黄花就不见了,她大概是跳窗子出去的。

我们一家人吃饭的时候,黄花的爹爹来了。他一声不响地站在门口。

我告诉他说,黄花已经走了。他似乎不信,满腹狐疑地朝我们屋里看。我站起身,拉着他往里屋走,爸爸和妈妈都将脸埋在碗里笑。他将我们屋里的每个角落都检查了一遍,灶眼里都不放过。我问他灶眼里怎么藏得住人呢?他从鼻子里哼了一声,不理我,又用耳朵贴在壁上去听。这时我隐隐地感到此事非同小可，黄花这家伙在她自己家里做下了什么样的怪事呢？我怎么也想不出。

"老黄啊，你就当女儿出远门去了吧。"妈妈一边说一边还在笑。

"说得倒也是。"

黄花的爸爸一边口里小声咕噜了一句，一边从屋里退出去。他突然想起了什么，回转身对我说："你有没有给她东西吃？"

我说没有啊。

"她可是整整一天没吃饭了！"

他快步往家里走，那背影像我们猪栏里那只花猪。

夜里我三番五次地醒来，因为一个声音"小兰，小兰"地喊个不停。有一刻我清醒过来了，的的确确听见是黄花叫我去挖灵芝。当时我困得厉害，一翻转身又睡着了，梦里头我看见她黑着一副脸向我抱怨。"我舅公坟头上的灵芝，有小枕头那么大了！"

她总是用枕头来打比喻。我想,既然有那么好的灵芝,为什么她不独自去挖,非要叫上我一块去呢?我在心里并不将她看作最好的朋友,因为觉得同她之间隔了一层什么东西,莫非她偷偷地把我当作最好的朋友?

第二天上午,二嫂过来借火柴,告诉我黄花摔坏了腿。我心里一惊,没心思干活了。看来,她独自去舅公的坟头上了,我知道那座坟在半山腰上。

他们家的狗叫得特别欢。我进了屋,发现好像只有黄花一个人在家,她瘸着脚在煮猪潲呢。看来摔得不厉害。

"我在厨房里摔的,踩在我自己扔的西瓜皮上头。"她皱着眉头说。

"你昨天夜里……"我说了半句,突然恐惧地中断了。

她往灶眼里塞了一把柴,抬起头来说:

"你是说夜里那些事啊,我搞不清楚的。夜里我到处走，我不记得我走了哪些地方。这里很闷，不是吗？"

她的两只手臂上都有一摞伤疤，我估摸她布衫下边那小小的身体一定是伤痕累累。

"你去你舅公的坟上了吗？"

"没有。"她肯定地一摇头，"天一黑，那地方就成了鬼门关，谁敢上去啊。"

她拿柴的手在发抖。我记起她爸爸昨天来我家找她的情景，不知怎么，她的一些举动让人心惊。

我从屋里出来，看见黄花的父母回来了，两人都是垂头丧气的样子。

"小兰啊。"他们异口同声地说。

"黄花的腿上了药吗？"

"没有，没有。我们不知道要怎么办。"

两个人都惊慌地躲避我的目光，这一家人真没法接近。

我出院门的时候，黄花也溜出来了，一瘸一瘸的,胳膊在空中划着。她说让我看她的伤口,不过要找一个秘密的地方。她带我钻进一个土洞,我们在铺得厚厚的干草上坐下来。她将一层又一层的绷带拆开,那些绷带都被血浸湿了。最后,我看到戳出皮外的白骨,我差点晕倒。接下来我就不敢朝她的伤口望一眼了。她一边换绷带一边给我讲她的舅公。那故事模模糊糊的,在我的印象里,那舅公不是一个真人,而是一只老蟾蜍,住在村外的一个水洼里头。黄花说她从懂事那天起就每天都要去找她的老舅公。后来他死了,被埋在山上。但据黄花说,没有任何人看到尸体。开头一段时间,她还是每天去村外的水洼那边,想等他出来,后来才不去了,转而到山上去碰运气。我问她,她的腿怎么办,她不以为然地说,总会好的。她又告诉我说她挖到了灵芝,因为怕家里人发现,就藏在山上了。她爸爸最不喜欢舅公了,说如果她再去那坟上,他就要打死她。她不想被打死,所以要瞒着家里的人。

说话间她的腿已包扎好了,我一想到她小腿处向外戳出的白骨就浑身发软。她推开我搀扶她的手,说:"你这个胆小鬼。"她这句话又使我回想起梦中的情景,难道那是真事?接着我又听见洞的深处有人在讲话,声音很小,很急,像在商讨有关性命的大事呢。我问黄花是谁在里头,她说里头没人,不信我可以进去摸一摸,这个洞很浅。我往里面走了三五步,果然就触到了洞壁。我又摸回来,可是黄花却像变魔术一样消失了,我再也摸不到她,也许她出去了。

我站在耀眼的阳光里,打量着这个丑陋的洞口。想来想去,我觉得黄花还是在里头,也许那里头有个秘密出口我没摸到?比如说头顶上?正在这时,什么地方响起了蟾蜍的叫声,我浑身起鸡皮疙瘩,头也不回地跑了。

黄花是在谁也没有注意到的情况之下长大的。

小姑娘黄花

在这样一个人口众多的穷村子里,谁会去注意一个不起眼的小丫头呢?黄花的爸爸妈妈属于那种胸怀狭小、偷偷摸摸的类型。这种人同你谈话之际总在偷窥你,担心你要害他。即使你帮了他的忙,他也犹犹豫豫的,怀疑你会抱着对他不利的目的。我们村里大部分人都是这种性情,也许是因为这里穷得出奇吧。然而到了黄花可以往外跑的年龄时,她却成了父母的心肝宝贝。说起来,她家里还有三个哥哥,乡村的风气是重男轻女,黄花怎么就成了宝贝了呢?黄花老在外面疯跑,这两口子就老是在外头寻找她。一到黄昏,总可以听到那老娘哭丧一般的喊声:"黄花——黄花——"黄花从来不答应,可老娘还是叫。其实黄花长这么大倒并没有真正出过事。有一回村里人看见她背朝上浮在小河里,以为她淹死了,赶忙去叫她爸爸。她爸爸也以为她死了,因为她不会游泳。他用钩子将她钩到岸边,她却睁开了眼睛。父母虽管不住她,却有一件事他们决不能容忍，那就是黄花去舅公的坟头睡觉。听说黄花出生时舅公已经死了，是得怪病死的，家里人谁也不愿提这事，因为不光彩。那人虽被深深地埋在地下，黄花的父母还是担心她被传染。某些神秘的传染病在乡下是最可怕的东西，黄花的父母想要黄花彻底断了去舅公坟上的念头。有段时间，为了防止黄花往坟上去，两口子干脆轮流值班，背一把凉椅去躺在墓旁，这一来倒很见效。虽然被宠爱，黄花在家里也得干活——谁家没有干不完的活呢？所以总得有人干。她爸爸还认为她干得越多越好。"双手不空着，就没时间胡思乱想了。"他在家里老说——这是黄花告诉我的。黄花说这话时神思恍惚地问我："我爸爸是什么意思？"她爸爸的话是什么意思呢？她一问连我也没有把握了，那男人的一双贼眼在我脑海里闪烁。

我最讨厌的事就是剁猪潲，又费力又枯燥，恨不得一刀剁在手上成了残废，从此脱离了这个活计。

我今天干这活的时候,黄花像影子一样潜入了屋内。

"小兰,我妈妈可能快死了。她在绝食。"

"啊!"

"她干吗绝食?这是第三天了。"

她其实并不担心她妈,她脑子里在打自己的主意。她告诉我说夜里她要上山,因为她爸守着她妈,怕她妈会出意外,这一来就没人管她了。我知道这种事谁也没法真正拦住她,可她为什么告诉我?是邀请我同她一道去吗?她没有邀请。我停了手里的活计,瞪眼望着她,她还是没有邀请我。她总是独自一人去舅公的坟上。

在这之前我绝对想不出一个绝食三天的人会是什么样子。女人的脸缩得像饭勺那么大,五官成了皱巴巴的一团。我看不见她的身子,因为被白布单盖住了。我的印象是,她再缩下去就消失了。黄花的爸爸双手紧抱着头坐在床边,紧张得发抖。他既不设法救妻子,也不同她说话,仿佛只是坐在那里等她死。黄花扯着我向外走。

"我不喜欢看别人寻死。"她说,"我心里有烦恼。"

"你妈真的在寻死吗?"

"是真的。我还知道舅公也同她一样。舅公根本不是得怪病死的。"

我简直不敢相信自己的耳朵,比我小四岁的黄花居然知道这么多事!我邀黄花上我家去,她一个劲地摇头,说:"我才不去呢。"我想,也许她今夜要在坟头上过夜了。那种地方,我是绝对不敢单独一个人去的。

"黄花你带我去吧。"我哀求道。

"你把你的布鞋借我穿三天。"

她提出条件了。我知道她一直觊觎我的布鞋,我在这双鞋的鞋面上绣上了一条蜈蚣。没人将蜈蚣绣在鞋面上,可是黄花喜欢古怪的东西。我不情愿地脱下鞋,她立刻将自己的脚伸进去,她的脚小好多，像踩了两只船。她兴冲冲地蹬着我的鞋走开了。

大约三四天后，我看见黄花的妈妈摇摇晃晃地从屋里出来了。她的样子改变得很厉害，身体缩得像小孩子一样，比原来至少矮了一个头。她一步一挪，挪到枣树下，便费力地坐了下去。黄花捅了捅我，说：

"你看，我妈妈变样了。她现在只吃流汁，我每天给她榨番茄汁和萝卜汁。总有一天，她会缩得像一个核桃那么大。"

"核桃？！"

"是啊。我舅公最后就是那么大。"

"你怎么知道？"

"我看见了。我有办法钻进那座坟。真的是核桃一般大，不骗你。你等等，我算一下就告诉你。我想要你加入我们这一伙。"

她在心里默算了一气，说：

"十三年。再过十三年，我就会开始绝食了。我原来以为妈妈不是我们一伙的,没想到她也开始绝食了。你真的要去吗?"

我同她约定后半夜在我家后院碰面。

那天夜里,我们去的地方不是山上,却是村里原来用作仓库的一间旧房子。

黄花点燃带来的油灯,然后动作麻利地撬开墙上的几块砖,我便看见了夹墙里面端坐的老人。我几乎吓晕了过去,以为是遇见了鬼魂。

"你不喜欢他吗?那么我把这墙封上。"

她又将那几块砖复了原。

"那是我舅公。"她说,"他一直在里头,他早就不用吃东西了。你没想到吧。我看啊,我们这个村子里家家都有夹墙,可惜没人拆开看看里头有什么东西。我是有一天听见他在里头说话才动手拆墙的。"

她说话时皱着眉头,装出大人的模样。

"舅公!舅公!"

她一喊，整个房子就嗡嗡嗡地响起来。

"你听！你听！舅公在说话！"

她激动地抓我的背，抓得我生疼。

"黄花，你舅公在里头干什么呢？"

"你还不知道啊，当然是在绝食。他不爱声张，所以呢，大家都以为他得怪病死了，就埋了他。后来他从土里爬出来，躲在这里头了。有好多人，躲在各式各样的地方。"

"你是怎么知道他们的呢？"

"我留心听啊。躲在那种地方，他们总是要说话的，他们最怕别人忘记他们。"

走出仓库，一阵风迎面吹来，我冷得牙齿打颤。黄花情绪高昂，一点都不感觉到冷，说话大喊大叫的。在我们前方，一队影子在朦胧的月光下屹立不动。我想绕道，却被黄花死死抓住向那些影子冲去，她哪里来的这么大的力气啊。影子们一点都不形成阻碍，我们毫无感觉地穿过了他们。

"我总是这样的,我横冲直撞,他们就让路了。"黄花骄傲地说。

"他们是谁啊?"

"还不是我妈妈那伙人。他们也想到夹墙里头去坐着。我看呀,他们是舍不得那些好玩的事,所以就变成影子来吓人。他们才吓不倒我呢。"

我曾经偶然想到,我们麻村有那么多的空房——仓库啦,工具房啦,烘房啦,某一家迁走后留下的祖传的旧宅啦,就那么空着。平时是没有人到它们里头去的,所以这些空房里头都有股墓穴的气味。自从黄花带我去了那间仓库,我们在里头待了一阵之后,我就注意起这些地方来了。我观察到麻村的人们并没有完全忘记这些地方。几乎每一个人走过了空房之后,都忍不住回头看一看,有的还将脑袋从缺了玻璃的窗口伸进去探那么几探。看来,麻村人是绝对没有将这些废弃的空房遗忘的,说不定还日夜牵挂着呢,是不是每间空房的夹墙里头都端坐着一个舅公似的人呢。有一天,我发起狠来挖掉了那间从前的烘房里的好几块砖。可是烘房的墙并不是夹墙,当然也不会有任何人坐在里头了。黄花对我说了谎吗?我又去了其他的旧房子,当我站在它们里面时,阴森的寂静时常吓得我落荒而逃。那种静,不是一般的静,我只要一关上门,房子就变成了地窖。黑暗潮湿的感觉是从身体内部生出来的,我是被自己吓着了。

"黄花,你的舅公还在仓库里吗?"

"我舅公从不在一个地方待着。"

"那么他在哪里呢?"

"他呀,我去找他时,有时就找到了。平时我不知道他在哪里。"

黄花不乐意我盘问下去,她朝我一瞪眼,说她心里烦得很,因为她妈妈又在家里绝食了。妈妈一绝食就得躺下,而她自己就得干好多的活,有时干到半夜都干不完。"我可不愿干活,我想跑开,可是舅公又不答应。"黄花捡起一块鹅卵石往塘里砸去,我很少见到她这么愤怒。看来她一点都不爱她妈妈。她翻了翻白眼,想出一个主意。她要我夜里到她家里来帮她舂米,这样她就可以偷跑出去采灵芝。我觉得她的主意有点奇怪,我自己也有活要干,怎么可以跑出来帮她干活呢?当然硬要这样做也可以,但是她有什么理由逼我这样做呢?黄花是个做事不需要理由的女孩,她说出她的念头后就走开了,留下我一个人站在烘房的屋檐下胡思乱想。

当天夜里我没有去她家,因为我要赶着编草鞋,家里人没有草鞋穿了。我编完草鞋去睡觉时,怎么也睡不着,因为黄花的爸爸的喊声顺风传到我房里,怪凄凉的。他喊的是黄花,大约小姑娘又跑掉了。她爸爸喊完,她妈妈的声音又响起来了,也是喊她,歇斯底里地,咬牙切齿地,好像要咬她一口似的。她不是在绝食吗?不是气息奄奄了吗?怎么有这么大的力气来喊叫的呢？听那声音就像一只母老虎在咆哮呢。我从床上坐起来时，看见一个黑影溜进了屋。是黄花，她将一团黏糊糊的东西塞到我手里，告诉我她马上要走，她妈妈在等着要喝灵芝汤呢——喝了这个就又可以继续绝食了。她走后我点起灯来看手里的东西。这个东西并不是灵芝，有点像动物的内脏，轻轻一捏，就渗出血来。我一恶心，就将它扔到了地上。它在地上发出微弱的磷光。

"小兰，你在干什么呀？"妈妈站在门口问道，"这是一朵灵芝，你把它扔在地上了。"

她弯下腰捡起那个东西，轻轻巧巧地回她房里去了。

吃早饭的时候，我们大家都低着头，谁也不看谁。吃完饭我就收拾好碗筷，然后出去割猪草。妈妈喊住了我。

"你早点儿回来喝灵芝汤。"她说。

"我不喝。这是从得怪病死掉的人的坟头上采来的。那人死后又复活了,躲在村子里头。除了黄花,你们都看不见他,我只见过他一次。"

"你说的事很稀奇,但我和你爸爸都经历过这种事。一个人死了,坟头上长出灵芝来,是很自然的。为什么这灵芝就不可以吃?我们要吃的。"

"妈妈,我问你,人怎么可以不吃不喝坐在夹墙里头呢?"

"这种事现在稀少起来了,在我们年轻的时候啊,想进去就可以进去,你爸爸都在那里头坐过三天三夜呢。"

我才不喝那种污血做的"灵芝汤"呢。我割猪草的时候又割到了那间烘房的门口。门已经朽烂了,白蚁在上面爬行,屋里面像有动物在活动,推开门望进去,却又什么也没有。有人坐在烘房的杉木皮屋顶上唱歌,是一个小男孩,全身光溜溜的没穿衣。

"金稻穗啊,金太阳……"他唱道。

我仰着头看呆了。这个小孩,不是灰禹家的

吗？过了一会儿他就下来了，这回我看清了，他穿着裤衩和背心呢。

"小兰姐姐，黄花要我带你到她那里去。"

"黄花在哪里？"

"就在这屋里嘛，上回你不是进去了吗？你那么快又出来了。"

我们推门进去之后，他就搬开了那几块活动的砖，里头黑乎乎的空间显了出来。

"你进去不进去？"他叉着腰，挑衅似的问。

我放下装猪草的篮子就爬进去了。然后那小孩又将那些砖堵上了。

在黑暗中，我看见黄花了。不，应该说，我根本看不见黄花，但我知道她坐在我对面。阴湿的气体从我内部生出来，我又害怕起来。当我伸手去摸索的时候，我吃惊了：里头怎么这么宽敞呢？我根本摸不到墙。我又走动了几步，还是摸不到。虽然我什么声音都听不到，我还是感觉到黄花在我对面笑。我担心我的耳朵坏掉了,就揉了揉耳朵。这一揉,就像捅了马蜂窝,嗡嗡嗡、嗡嗡嗡的声音包围了我。

我终于摸到了一根东西,那好像是一根粗大的树根。树根怎么会长在夹墙里头呢?当我握住那树根时,它就抖动起来。我不知哪来的力气,双手紧握它向上面攀爬。我爬了一会儿,嗡嗡嗡的声音在我脚下远去了,我觉得自己不再在夹墙里头,而是到了半空。那么,这树是长在空中的吗?我刚想到这里,脚下就踩着了硬地。

我的身旁有一个人在挖土,在微光中我看见他站在自己挖出的坑里,那坑已挖了半人深。我问他是不是挖坟,他说是的;我又问他给谁挖,他说给黄花的妈妈挖;我问他黄花的妈死了没有,他的回答很奇怪,他说:"怎么会死呢?人死了就不用挖坑了。"他这句话使我寻思了老半天,然而还是想不通。我想到黄花的舅公,他不是也没死吗?

"你是谁家的？"那人突然问我。

"我是徐良家的啊。"

"徐良家的？一边待着去吧，还早得很呢。"

他将挖出的泥沙用力甩到我身上，我躲避不及，被迷了眼，啊呀呀地呻吟起来了。接着我就听见这男子在同黄花说话。他俩似乎达成了什么协议。

黄花过来了，她拿开我的手，叫我不要揉眼，因为"只会越揉越痛"。接着她又凑到我耳边说："我让他帮你也挖一个坑，已经找好地方了。"

我忍着疼痛用力一看，看见黄花了。她的脖子怎么像蛇瓜一样又细又长呢？因为这条比头部还长的脖子，她看起来比我还高了，她的头在空中浮动，像要从肩膀上游离开去似的。当她伸出手来搭在我肩上时，那手就如面片一样粘在我衣服上面。

"小兰啊小兰，你爸妈怎么把你生成了这个样子呢？"她装出大人的口气说。

我对她的装腔作势极为反感，就顶撞她说：

"你啊,是一个没有前途的小姑娘!"

不料她听了这句话就兴奋起来,欢呼道:"一点也没错!"

接着黄花又同那人叽叽咕咕了一阵,我想偷听,只听见这几个字:"淹死""逃生"。是什么地方涨水了吗?我从红肿的眼缝里看见他们正在离开。

"黄花!黄花!"

"小兰,你不要动。你是自己找到这里来的,不是吗?"她阴险地说。

他们两个走远了。

我坐在原地。这到底是什么地方呢?忽然我的脚触到了硬地的一个裂口。我往那个方向伸了伸腿,啊,不是什么裂口,也许我坐在悬崖上呢。在我的下面,像是很远很远的深渊里,传来敲击石头的响声。我抬起头来,我的头顶有微弱的光源,那光源被一团雾气裹着,忽明忽灭的。是不是一团鬼火呢?我回想刚才的事。起先是我在烘房旁割猪草;

然后灰禹家的小孩叫我去见黄花；于是是我钻入了夹墙，他堵上了夹墙的缺口；我一进去，夹墙就不再是夹墙了；空中悬着粗大的树根，我顺着树根往上爬，爬到了这里，看见了挖坑的人，还有黄花同他在一起；然后他们两人又离开了。当然，这决不是一个梦。也许在我的村子里的那些空屋里头，全都有通往这种地方的途径呢。敲石头的声音一下一下的，很有规律，我隐隐约约觉得那下面有人。

妈妈来了，妈妈的手也像小兰的手一样黏糊糊的，她说刚刚用手抓了灵芝。她将手掌放到我鼻子下面，我闻到了恶臭的味道。

"妈妈，这是哪里？"

"我不是对你讲过吗？就是我和你爸年轻时常来的地方。你看这崖边，说不定可以找到燕窝呢。啊，我摸到了一个！"

她将手中的小元宝似的东西递给我，说是燕窝。燕窝热乎乎的，在我手中停留了一会儿就变得柔软起来，我一捏，居然又渗出深色的汁液来，像血一样。

"这就是燕窝，那些穷途末路的燕子，一批批撞向这山崖，大部分都撞死了。没死的就筑出了这种软乎乎的巢。"

那一天，我和妈妈边谈话边走，没多久就回到了家里。妈妈叫我喝燕窝粥，那粥有股腥味。我放下碗时，爸爸说："哈！你看你！"我不知道他是什么意思。

我有一个秘密企图，我打算哪一天同黄花一道从夹墙里走到那种地方去，然后在心里将路线牢牢记住，以便今后随时可以重返。

黄花在树上睡着了，我声嘶力竭地喊她，她还是没醒。她在树干开杈的地方坐得稳稳的，两臂紧抱树丫。我很气愤，就把我家的黄猫放到树上去。奇怪的是猫儿一上了树，也变得昏昏欲睡，它趴在黄花的后颈脖上打起呼噜来了。阳光照着枣树,树上那一对一副傻样子,我看了忍不住要笑。

到了下午,黄花终于醒了,溜下树来。我和她并肩站在台阶上时,看见一队人在往村里走,那些人一个个显得垂头丧气。我还注意到有几个手里拿了钢叉,叉子上有血迹。黄花说:"他们打败了。"我问她是被谁打败了,她含糊地说,是"那种东西"。

当我表示我想再去那种地方时,黄花打断了我的话,告诉我"舅公沉下去了"。

"沉到河底下去了吗?"

"不,沉到地底下去了。这里的人和他打了一大仗,没人打得过他。他们急了,就用叉子去叉,叉得他身上尽是窟窿。后来他就沉下去了。你听。"

我听到村头有人在哭天喊地,黄花说那个人是做了噩梦,不想活了。这个时候,我感到头上的天阴惨惨的,不由得情绪低落。又想到还要整理菜土,打猪草，为家里人打草鞋，不由得心底升起厌世的情绪。黄花瞪着一双斗鸡眼，看透了我的心事。

突然，黄花扑向她的邻居，一个叫黄树的小伙子。也不知她哪来的那么大的力气，她一把夺过小伙子手里的钢叉，然后猛地往他脖子上叉去。小伙子的脖子上流出血来，他坐到地上呜呜地哭起来了。小伙子的父亲，一个半老的干巴老头，也坐到地上陪他哭，口里还不住地叨念："他成了这个样，还怎么见人？他成了这个样，还怎么……"

黄花似乎是被自己的举动吓住了，她扔了叉子，一个劲地央求我说：

"小兰小兰，你快把我藏起来吧。"

我看了看周围，发现手拿叉子的人们已经将她围起来了，一个个怒目圆睁。莫非村里人要杀她？黄花一步步后退，退到了她先前藏身过的那个土洞。只见她一闪身就进了洞。我呼喊着她的名字也扑了进去。

小姑娘黄花

一开始,我们似乎甩开了村里人,因为洞里很寂静。我紧紧地捏着黄花汗津津的小手。黄花领着我往土洞的深处走。奇怪,这洞变得这么幽深了。虽然我的身体老是碰着洞壁,但前方的确在延伸。

"他们为什么不追进来呢?"

"他们不敢嘛。这是舅公的地盘。你听,老鼠。我们头上是原先的仓库,现在仓库废除了,这些老鼠还是住在这里。它们以为好日子还会来呢。"

我们拐了七八个弯之后,右边响起了一种奇怪的声音。当我们往右边去时,洞就变得宽阔了,再也碰不到洞壁。黄花说舅公在周围布了很多陷阱,用来捕蛇和穿山甲,我们听到的响声就是那些小动物在挣扎时弄出的。她还说,舅公在这里时,洞里的任何活物都逃不出他的魔掌。只有老鼠是例外,但老鼠住在上面,从来不敢下来。"我把这个地方叫'坟墓'。"她得意地告诉我。

她弯下腰去捡起一个东西,塞进口里吃了起来,她说她吃的是灵芝,还说灵芝也是可以栽种的,她怀疑他舅公就栽这种东西。

"小兰,空气里头也长灵芝呢,你用手抓一抓看。"

我伸出左手一抓,无名指和小指头就被什么东西咬了一口,血流到手背上。

"什么东西咬人?"

"可能是老鼠。这里头的老鼠可以飞,像蝙蝠一样。小兰,你愿意和我沉下去吗?"

"沉到地底下去啊?可是我的手肿起来了,你看,我的指头快有萝卜那么大了。我会死吗?万一我死了呢?"

黄花不理会我的诉苦,她蹲到地上去摸索,口里说着"快了,快了"。

我最后听到她的声音是她轻轻地喊了一声"舅公"。

很快洞里就被照亮了。原来我所在的地方根本不是什么土洞,而是村里的会议室,或者说是以前的会议室,因为从我记事起村里就没开过会了。刚才之所以那么黑,是有人将窗帘用黑布蒙住了,现在他们还将黑布挽在手臂上呢。他们就是刚才那一队人,其中的几个将钢叉放在身旁,对着亮光研究自己的手掌。我看见他们脸上都有黑斑,鼻头也发黑。叫黄树的小伙子脖子上缠了纱布,他走过来问我可不可以带他们去黄花那里。我说黄花恐怕到她舅公那里去了。这时大家就恐慌地"哦"了一声,面面相觑。那几个人又将钢叉紧紧地抓在手里了,一副大难临头的模样。

连我自己也想不到,我突然教训起他们来。

"你们这些人,贪生怕死,只会在村里荡来荡去。你们要干什么呢?你们知道吗?"

我的声音尖利地划破空气,发出"咝咝"的声音。莫非我变成了一条蛇?

大家听了我的话,都抱着头往地上坐去。还有人居然不害臊地哭起来。我起身准备回家,有人扯住了我的衣角,我回头看见冥嫂。冥嫂住在山那边的洼地里,孤零零的茅屋被山洪冲倒好几次,可她又在原地盖房。冥嫂有个儿子,去年出去打短工后就再没回来了。冥嫂知道他在哪里,托人去问他,他就说:"等我死了再回来。"住在洼地里的冥嫂有时也到村里来,她是来为父母扫墓的。我常听妈妈说,这个女人身后有长长的黑影,这种人注定了要独来独往。冥嫂扯住我,欲言又止的模样。

"冥嫂,有事吗?"我问。

"小兰啊,我看着你长大的。"她松开手,垂下了眼。"你夜里睡觉时不怕吗?"

"我当然怕。尤其是雄鸡乱叫那会儿。你有什么办法吗?"

"我怎么会有办法,我比你还害怕。我啊,有一次把自己藏在米箱里。"

她说完就往后退,退到那一堆人当中去了。

小姑娘黄花

我打开大门,走出会议室。天下雨了,村里人都在土里插红薯。他们弯着腰,头戴尖顶斗笠,看上去像我梦里遇见的那些鬼。我从村头游荡到村尾,想找到黄花的事件的蛛丝马迹。我又去了那个土洞,土洞实在是很浅,一进去就碰到了洞壁。我将里头摸了个遍,什么缺口也没找到。这是个死洞。我很懊悔:为什么我不能将走过的路线牢牢记住呢?要是那样,或许我可以随时去同黄花会合了。从土洞里出来,我又去了烘房。不知是谁将烘房的门用铁条钉死了,不过窗子倒是开着的。我爬到窗台上朝里面一望,望见靠墙站着一排戴尖顶斗笠的鬼。我头一昏就栽下来了。

从地上爬起来,便听见黄花的妈妈在我上面说话。

"越是想吃葱油饼,越要挺住。过了第五天就好了。"

我仰头一看,什么也没有。她在哪里讲话呢?

59

"我家姑娘不爱干活,她也想绝食呢。"声音又说。

那声音明明就在我面前。大约她的身体已经消失了吧。这个女人的主意真高明啊。我就问她怎样可以找到黄花。她沉默了好一会,后来她的声音在屋檐上响起来。

"小兰啊,你刚才不是栽下来了吗?那种地方全这样。"

爸爸在院子里修鸡笼子,他说夜里有大蟒蛇来偷小鸡了,那只芦花母鸡被吓破了胆,已经死了。我找到芦花鸡,看见它并没死,眼睛还在一张一合的。

"你别看它的眼睛没闭,它实际上已经死了。"爸爸断言说。

我将手放到它胸脯上,说:

"它明明还在呼吸嘛,哪里死了!"

"它是死了,你还看不出来吗?"

爸爸说话时，我的背脊骨一阵阵发冷。他那么积极地修鸡笼子，是为了让这些劫后余生遭致更厉害的恐吓吗？先前鸡笼没有坏，蟒蛇还是进去了。想到这里，我就对爸爸的举动很看不惯。不知怎么，这只芦花鸡让我想起黄花，我发现它又在看我。

我弯下腰，抱起芦花鸡往屋里走。爸爸立刻放下手里的活计过来了。

"你把它给我！"他喝道。

"它还活着呢，它……"

他一把将它夺过去，往半空中一扔。它立刻飞起来了，落在前面的一堆柴火上。

"你看，它没死！"我说。

"傻瓜，你听到它叫了吗？没死的鸡还能不叫？！"他朝我一瞪眼。

我闷闷不乐地进屋，老想着芦花鸡的眼神。蛇偷小鸡的事从前也发生过，我为什么对这种事这么关心了呢？不过爸爸的心思真是刁钻古怪啊。这只死了之后还能飞的鸡身上恐怕有秘密。我已经习惯了在秘密中生活,我感觉到秘密,但我从来不进入秘密。人们也不允许我进去,就是黄花也不让我进去。可是我又想知道!

我拿上钩刀和绳子,装作去砍柴的样子重又出门。我走了没多远就看见冥嫂,冥嫂身后果然拖着长长的黑影,我还是第一次看到呢。她东张西望了一会儿,立刻跑到我身旁抓住我的膀子,抓得紧紧地说:"太可怕了,太可怕了。"她说话间又用手指了指烘房那边。我立刻想起了那些戴尖顶斗笠的鬼,额头上冒出了冷汗。我要跑,可冥嫂又死死地抓住我不让我跑,还说黄花也在烘房里头,我们不能不管她的死活。

"那么,我们到烘房里面去吗?"

"呸!你敢去吗?你敢去你就去,我是不敢的。"

冥嫂说话间她的影子突然一下缩短了,然后就完全消失在她的脚下。她的身体立刻显得格外瘦小、可怜。我立刻想起了她所居住的那一片洼地，那里头有好几座坟，都是没有主人的乱坟。

"你不敢去，又不让我走开，你要干什么？"

"你这个没良心的女孩，你丢下黄花不管了吗？"

"那你说我该怎么办？"

"你不要问我，你没看见我已经吓坏了吗？"

她的左腿忽然瘫了，整个身子慢慢朝左边倒下去，倒在乱草里。她一动不动了，只有那双眼睛睁得老大，令我想起家里的芦花鸡，也令我想起黄花。莫非她们都来自同一个地方，生着相同的眼睛？

"冥嫂！冥嫂！"我蹲下去摇她的肩膀。

她一动不动的眼珠里掠过一丝质问，她和芦花鸡都在问我同一个问题。

很快，她眼里的表情消失了，脸上的肌肉变得僵硬，身体冰冷了。也许她死了？

我知道这种事是很难说的，在村里，你时常以为一个人已经死了，其实呢，他或她只不过是停下来，到另一个地方去了。因为村里的穷日子太繁忙了，拖着他们往前跑，所以他们就向往这种假死。过那么一两天，你就又看见这个人若无其事地在家门口干活，或走在打短工的队伍里头了。比如黄花的妈妈，就是用绝食来企图摆脱繁重的体力劳动。还有黄花自己，也认定自己将来的命运就是绝食。想到这里，我黑暗的脑海里就出现了一丝亮光。我丢下失去知觉的冥嫂，往她居住的那片洼地跑去。

离得好远，我就看到了乱草和灌木丛中的激战。慢慢走近了，便看清那些野人全没穿衣服，手里拿着竹制的弓，箭袋系在屁股上。不远处的酸枣树下有三个墓穴，都黑洞洞地敞开大口。一些野人身中数箭，受了重伤，但他们并不找人拔箭，就像豪猪一样带着那些箭在洼地里来回奔跑。黄花坐在酸枣树的树干开杈处，晃荡着一双赤脚。空中响起那首熟悉的歌谣，是幼童们唱的。

"黄花！黄花！"我的声音变得很凄厉。

她转了个身，背对着我，那背上有很大的窟窿，黑血早已凝结。

我终于跑到了树下。

"黄花，你在干什么？"

"我？我在等冥嫂。舅公说，她那么害怕，一定会来的。小兰，你怕吗？"

"我不知道，黄花，我还不太清楚，黄花……你说说看……"

黄花脸上显出不满的表情，她掉转脑袋去看远方，似乎不打算理我了。

我们说话的时刻，那些相互追杀的野人全都奔进了墓穴，有的简直就是头朝下扑进去的。那里头是无底深渊吗？

黄花溜下了树。我不敢看她的背，我觉得她的胸膛里的东西已被掏空了，只剩下薄薄的一层。她告诉我她夜里要睡在洼地里等冥嫂。我向她表示我愿意陪她。

"不！不！"她说。

她又背对我，我又看见了那个窟窿。当我看清一个小姑娘竟会变成这种样子时，我就吓晕了过去了。

我醒来时，万籁俱寂，那三座坟的口已经合上了。暮气沉沉的洼地里刮来一阵凉风，一个稀薄的人影在酸枣树下徘徊，那是黄花的妈妈。

月光之舞

我是属于月光的,狮子属于黑暗。奇怪的是,狮子总是在荒原上沐浴着月光来来回回地走,而我,通常在充满了腐殖质的土壤里同蚯蚓一道耕耘。

我是属于月光的,狮子属于黑暗。奇怪的是,狮子总是在荒原上沐浴着月光来来回回地走,而我,通常在充满了腐殖质的土壤里同蚯蚓一道耕耘。我,只耕耘,而不收获。有时我也钻出地面,我站在一丛灌木旁等待。当一只蝙蝠停下来休息之际,我就跳到她的背上。然后,她携带我飞向那个古老的山洞。我不想描述我的山洞之夜,那是一个比地狱还阴森的处所。即使在大白天,洞口也不时传出杀戮的惨叫。我在洞里待到傍晚时分,我的朋友驮着我飞向那片林子。她停在松树上,我跳到最高的那根枝头。从那里望去，荒原在我的视野中起伏，狮子正在焦虑地觅食。他的目标是小河对岸的斑马，我的目标是他。但他为什么总不出击呢？他喜欢那种主宰局面的快感吗？

天黑了，我的朋友飞走了。风将树枝吹得摇摇晃晃，我抱着树枝，将肚子紧贴着它。我想象自己正在海洋里乘着独木舟。月亮升上来了，我看见狮子在休息，斑马也在休息，他们之间仅仅隔着一条浅浅的小河。狮子是通过什么方法彻底消除了饥饿感呢？这是他的秘密，也是我的秘密的问题。月光将他长长的鬃毛染成了银色，那张脸同他身旁的石头一样古老。我酷爱那张脸，可是那张脸也让我日夜烦恼，因为找不出答案。

林子里像往常一样闹起来了，只要有月光，这些家伙就不得安宁。到处都是各式的叫声，树枝断裂的声音，他们那股劲头，就像恨不得将这片林子变成废墟似的。幸亏有萤火虫。这里的萤火虫真多

月光之舞

啊，如同星涛一样一浪接一浪地从我眼前涌过去。还有一些没有翅膀的，他们停在地面的枯叶上静静地发光，他们的光只能照亮他们脚下那一点点地方，这是些瞎眼的虫子。我曾试图引诱没有翅膀的萤火虫们，让他们同我一道去地底。他们不为所动，他们太自尊了，也可以说是自满自足吧。深思熟虑的虫子们，他们在思想里头耕耘自己的身体呢。狮子转过身去了，现在他背对着我了，那是多么悲怆的一个背影啊。现在就连斑马们也麻木了，他们听天由命地进入了梦乡。

在苍茫的大地上，出现了另外一些狮子的剪影，他们不是真的狮子，是月光玩的把戏。这些幻影排成一行，队伍伸向天边。你听到过狮子哭吗？不，狮子的哭是听不到的。我的视线模糊了，待在高处真累啊，必须下去。一旦混迹于那些在黑暗中吵吵嚷嚷的家伙，我的身心就得到了放松。

我知道我的朋友这会正在干活，我只好步行回

阿琳娜

去了。我走了很久很久，才回到了我的耕地——那一大片黑乎乎的泥土在月光下面有点像阴沉的墓地。灌木丛下面聚集了一堆没有翅膀的萤火虫。怎么回事？莫非是某种仪式吗？那堆小火一闪一闪的，那堆小火在渐渐地变暗！他们就在我的耕地旁烧完了内心的火，这些小小的肉虫，他们能够做出的选择很有限。我闻到了烧焦的肉味，那味道让我的心情变坏了。我从那个洞钻入地下，我一边耕耘一边睡觉。在半夜的某个时辰，我遇见了蚯蚓，他们是两条，一条在我的上方，一条在我的下方，始终同我齐头并进。事情总是这样，我见不着蚯蚓，但他们总是伴随着我。他们一接近我，我马上就知道了，耕地深层的传感能力是极强的，我甚至能够觉察到他们的情绪呢。上面那一条激情洋溢，下面这一条则有点沉郁，两个家伙都是久经考验的信徒。信什么呢？像我一样，什么都信，一种从根源上产生的信念。我们都是月光派，黑暗的耕地是我们实践自己的信念的场所。我要做梦了,我知道我会梦见我爷爷。我爷爷是动物和植物之间的生物,有点像海洋里的珊瑚的那种,不过他是生在大地深处的。他生前不能动,老是在一个地方思考啊,思考啊的。他死了以后,据说遗体就在原地石化了。他所处的位置就在我们耕地的下面,还要下去很深很深。总有一天……

我醒来了,又是一天了,我不出地面就感到了太阳光的灼热。我焦急地想要知道狮子的情况。昨天我离开他的时候,他在哭,他一哭,我脑子里就一片空白了。他的内心有多么的黑暗。我为什么这么关注他?因为他是大地之王吗?还是有什么别的理由啊?反正,我对他的关注同我的信念有关,这不是我的选择,而是生来如此。现在我还不能出去,我的皮肤是受不了阳光的照射的。我必须去耕地旁的水塘里取一张荷叶罩在头上。

阿琳娜

我在塘里游动时,看见很多有翅膀的萤火虫的尸体浮在水面。啊,那些月光下的尸体差点使我掉下了眼泪!我摘了荷叶,顶在头上游上岸去。有东西在水下拉我的脚,那是住在下面的老鱼。我不耐烦去他家里。老鱼是世界上最最没有意思的家伙,他的家也不像个家,只不过是淤泥里头的一丛水草。一天中的绝大部分时间,他都蹲在那丛水草里头发呆。他什么都不想,是条思想空虚的鱼。他称呼我为"耕民",我知道那是种蔑称。他还将我的工作称之为"修理地球"。"地球可不会因为你的修理就变成方形的。"他说。当然,老鱼是老谋深算的,他的老谋深算并不来自于他的思想,而是来自于,怎么说呢?某种本能。他对这个水塘里发生的任何事都能提前一步知道。比如刚才,我还在耕地里头,他就知道了我要来,他克服惰性游上来,蹲在塘边的一个石洞里等我经过。我是不会去他家的,他也知道这一点。可还是不死心。自从雹灾那一年我同他吵翻之后,我发过誓,永远不登他的家门。那次雹灾不同于一般的雹灾,鸡蛋大小、密密麻麻的雹子整整下了一天一夜,水塘里都堆起了厚厚的一层。老鱼躲在塘边的土洞里,泥土塌下来,封住了洞口。他从里头向外面慢慢钻,钻了两天才钻出来。我是因为担忧才去塘里的。那一天,我和他就滞留在这个石洞里,我冷得簌簌发抖,快要冻僵了。开始我们谈论着这场雹灾,后来我们就吵起来了。因为我一片好心地劝他搬到石洞里来住,可他不但不领情,还骂我"懦夫",他说他可不想欺骗自己。"你的家在哪里?不是在那一堆雹子下面吗?你怎么不回家,要躲在这里?"我反唇相讥道。当时他那张大嘴一张一合的,他一定想反驳我,但是他不会思想,所以也不知道如何反驳我。老鱼不说话,可他的眼神使得我内心产生了深深的恐惧。那是冷酷的、勾魂的眼神,我感到自己完全被他击垮了。我说不清他是用什么东西将我击垮的,反正我受到了致命的打击,一连好多天精神不振。幸亏我有工作，耕耘是个万能的法宝，它能治疗任何心灵的创伤。

我顶着荷叶飞跑，一边跑，一边放肆大叫。我要是不叫的话，我的身体就会在阳光里消失，我确信这一点。终于到了老杨树下，我隐身在浓密的枝叶里头，皮肤好受多了。我爬到最高的那根枝头上面。在那边，斑马已经离开了。我听说斑马只是路过，他们到非洲去了，他们是属于太阳的动物。是因为这个，狮子才对他们身上的条纹产生深深的敬畏的吗？狮子被一块大石头挡着，我只看得到他头部的一个侧影，他在想什么呢？夜间他到底有没有对斑马进行攻击呢？我很想对他喊话，但是我知道我的声音传不到那么远的地方，再说他也不会将我放在眼里啊。一想到他吃掉的那些动物，我对他还是怀着某种厌恶的，我厌恶杀生。我，还有蚯蚓们，我们只吃泥土，那也不是真正的吃，只不过是让泥土在我们身体内旅行一次罢了。我们是性情温和的动物,在地底梦见月光,梦见祖先。虽然有厌恶,但对他的崇敬还是占了上风,毕竟,他是敢于征服一切的大地之王啊。就比如此刻吧,我看着他,我的眼里便有了泪。我爱上他了吗?胡说,谁能爱上狮子呢?他动起来了,他正在往河边走,在阳光里,他的影子那么浓黑,好像是另外一匹黑狮子跟在他身后呢。他在喝水,他喝得真久,他怎么能喝这么久的,他在浇灭体内的火焰吗?一只黄鹂落在他的头上,小家伙立刻唱起来了,那么甜美,那么清新的歌声,而且那么嘹亮!连我都隐隐约约地听到了。狮子停止了喝水,他也在听。他一动不动,唯恐惊吓了小鸟。我注意到,鸟儿歌唱之际,狮子的影子便消失了;鸟儿唱完飞走了,那条影子又回来了。狮子背对太阳蹲下来,影子绕到了他的前面,他的形象给我一种苦恼的印象。我要回去了,我身上的水分都被蒸发掉了,十分难受。

我又顶着荷叶奔跑,口里发出大叫,我比先前叫得更加歇斯底里,因为阳光分外厉害,我担心自己要完蛋。我跑啊,跑啊,终于跑回了家,一头扎进那个黑洞里,将皱缩的皮肤紧紧地贴着冰凉湿润的泥土。我差点晕过去了。离我不远的地方,蚯蚓们在有条不紊地工作。这些月光派,他们其实一辈子也没看到过月光,但他们传递给我的信息告诉我,他们是深深地崇拜月光的。所以他们也同我一样,在研究祖先。蚯蚓的皮肤比我的更为脆弱,如果同阳光遭遇的话,他们就会化成水。听说从前发生过很多起这种事。那么为什么连月光也要躲避呢?为什么?他们没告诉我。

我恢复了体力,便开始往土地深处扎下去,扎下去。我要做一次垂直的耕耘。以前我也尝试过,不过每次都只深入到石灰岩的附近就停下了,不是我不想再往下,而是我受不了那股气味。奇怪的是,不论我从哪个方向往下扎,最后总是到达石灰岩层,绕都绕不过去。也许那只是薄薄的一层,也许那竟是深而又深的无机物的地狱,两种可能性都存在。这一次,我决心铤而走险,做一次探索。我想,穿越的办法总是有的,要不然,爷爷他们是怎么下去的呢。我才不相信他是生在地下的呢。我听到了身后的轻微的响声,有一条蚯蚓在追随我。他?追随我?这纯粹是找死!想想他的皮肤吧。我就快要到那个地点了,我的头已经疼起来了,我的坚硬的眼珠也像要被软化似的。我按照既定计划向右边绕行。我绕行了很久,忍受着那股气味,我的眼珠已变得无比浑浊,几乎看不见了。这是什么?一个天然的洞!一条向下延伸的隧道!竟有这种事啊。我当然一头扎进去了。这个洞刚好容下我的身体,所以前进了一会儿我就害怕了,这不是一去不回头的旅行吗?然而已经晚了,我已经走了这么远,再要退回去不知要花多少天时间。好在身后那条蚯蚓不断弄出响声,像在给我壮胆一样,不然我的精神真的会垮掉。隧道里头虽然也有石灰岩的气味，但比起外头来已经好多了。我的视力慢慢又恢复了，我看见洞壁上有一些奇怪的花纹，每一处都有。看得多了，我揣摸出来这是一组相同的图案在不断变换位置，打乱，重组，又打乱，又重组，始终给眼睛带来新奇感。这些原始而朴素的图案使我心里的恐惧大大减弱了。怎么会有这样一条隧道呢？怎么刚好被我找到了呢？难道是爷爷的杰作吗？我体内的液体沸腾起来了，我听到身后那家伙也激动得弄出了更大的响声，他在叩击洞壁呢。他每叩击一下——实际上是用头部摩擦——洞壁就发出奇怪的回声，好像在说："对啊，对啊……"我心里感到莫大的安慰，幸亏有他，我的好伙伴，不然的话，我很有可能被对自己的怀疑弄昏头。我不知道自己在隧道里爬了多久，因为地底下是没有白天和黑夜的区分的。然而我记得，有那么一些瞬间，那时一切事物的区分都消失了，既没有任何声音，也没有任何图像，连身后的蚯蚓也一动不动了。无论我如何用力地以我的头磕击洞壁，也弄不出任何声音，我的眼睛也看不见任何东西。我想，莫非这就是"死"？可是这种情况持续的时间并不长。当我的耳朵里发出轰的一声响时，我的感觉又恢复了（难道仅仅是我的感觉的问题？）。每当我爬一段路程，"死"就重复一次，到后来，我已经习惯了，不但不再恐惧，反而还有点盼望呢。在那种瞬间，我的脑海变成了无边的海洋，狮子无比巨大的身影出现了，他卧在蓝色的水面上，他的背后有夜莺飞过。由于这幅画面反复出现，我就产生了错觉，我觉得这趟旅行不是去找爷爷，而是去找狮子了。怎么会去地底下找狮子呢？这是一个根据常理提出的问题，而现在，我的思维已经将常理撇到一边去了。我认定自己就是去找狮子的，我还打算找到他之后同他对话，即使被他吃掉也心甘情愿。

阿琳娜

到底是如何掉下去的？这件事我回忆了又回忆，仍是茫然。那时我似乎是来到了隧道的尽头，看见隧道外面一片白茫茫。我拿不定主意自己是出了地面呢，还是仍在地底下，我更拿不定主意前方哪边是"上"，哪边是"下"。这时就连蚯蚓也消失得无影无踪了，退回去更不可能。我已经说过这条隧道窄得刚好容下我的身体，所以我也无法在洞口掉头，这是非常危险的，几乎等于找个借口"掉下去"。当然，在经历了漫长的旅行后，我到达了目的地。这真是我的目的地吗？狮子在哪里呢？现在就连狮子也不再出现在大海之上了，那里成了一片死海。

时光不断过去，我仍在原地。可是我怎能老在原地呢？这里的土不能吃，有很浓的石灰岩的味道，而我从未绝食过这么长的时间，现在我浑身无力，快要晕过去了。也许就是那一瞬间我产生了一不做二不休的决心，才掉下去的吧。就在我坠落之际，狮子出现了，那么大，却又那么轻灵，占据了

月光之舞

我的整个视野。他的鬃毛,啊,他的鬃毛……后面发生的事我不记得了。我似乎是在某个阴沉的岩窟里,有东西在空中晃荡,一会儿是一只脚,一会儿是骷髅头。那是我最后的记忆。也许发生的事太不堪回首了,我就将它忘记了。有时我想,也许发生过真的死亡?那个岩窟,会不会是爷爷的墓呢?什么东西那么不堪回首啊?

反正我醒来时,已经在自己的耕地里了。我的上面有蚯蚓,我的下面有蚯蚓,我的左边、右边都有蚯蚓。他们不耕地,他们在静静地等我醒来。我一醒来,弄出响声,他们就慢慢地有了动静。我听见他们在激动,他们那柔软的身体叩击着泥土,发出"嘀沥、嘀沥、嘀沥"的响声,就像下雨了一样。那一刻,我陶醉在这净化灵魂的雨声里头,我真想冲破隔开我们的泥土层,同这些黏糊糊的同伴拥抱一下呢。哪怕他们弄得我身上全是黏液我也心甘情愿啊。不过我没有这样做,因为我知道,我,还有

阿琳娜

他们全体,我们都不习惯这种表达方式。我们是内敛的动物,习惯于在孤独中传达激情。土地是多么柔软贴身啊,我奋起耕了十几米远,我的同伴们也追随着我,我们就像在海洋里游泳那么自如(当然,我承认,我从未到过海里)!啊,让我往深处耕,我要将我的耕地扩大一倍!我再一次做垂直的耕耘,我那些同伴也追随我,有的还耕到我的前面去了呢。就在这样激情的耕耘中,我们听到了狮子的吼声。我,还有我的同伴,我们全都停下来了。那声音好像是从一个石窟里头发出来的,震得土壤微微抖动。狮子到了地底?我记起了我从隧道口掉下的瞬间所看见的风景。难道狮子本来就在地底,荒原上的他,只不过是一个影子,他的许许多多影子中的一个?我们都在吼声里沉默着,我们想要听懂这吼声的含义。但他吼了几声又不吼了,我们还来不及分辨呢。我们只能使劲地回想,回想,想得脑袋里面变成了空白的一片。这样的思考并没有什么结果,然后,

月光之舞

仿佛约好了似的,我们又一齐开始耕地了。我们将自己搞得精疲力竭。我一边耕地一边梦见石窟里的狮子,总是那张无比巨大的脸,银白色的鬃毛发出太阳一样的光,刺得我眼睛睁不开。有谁在我耳边抱怨说:"我不能动。"谁呢?难道是狮子?狮子怎么不能动呢?只有我爷爷才不能动啊!那么,狮子就是爷爷?啊,我的思维完全乱了,我想不下去了,但我的感觉还在,我感到了他,他在那底下,正憋着气,他要爆炸了。我的这个梦真长啊,我在梦里吃下的土真多啊。"嘀沥、嘀沥、嘀沥"的声音又包围了我,他们又在叩击了,我感激得想哭。

我再次出地面时,所有的萤火虫都已经死光了,月光洒在大地上,一派浓浓的葬礼味道。我爬上老杨树的枝头往平原那边看过去,我看见那边空空荡荡的,只是偶尔有一只飞鸟的影子掠过。狮子王国失去它的主人了吗?不。他还在,他看上去同那块石头融为一体了，就那么一动不动。他的鬃毛不再发光，他的全身都变得晦暗了。难道他死了吗？雷声渐渐由远而近，月亮隐没在黑云后面，狮子的形象有点模糊了。忽然，他化为一道闪电，从那岩石后面射出，划开变黑了的夜空。他将天地照亮了，可他失去了自己的形体。这令我怀疑，他原来的形体是真实的吗？炸雷过后，又一道闪电……再一道！都是从岩石那里射出。现在就连雷声也不响了，天空被这些闪电照得雪亮，那偶尔露脸的月亮已失去了光芒，几乎都要变黑了。这是什么样的专横啊，我不忍看下去了。我下到地面，那雪亮的电光颠动着大地，是的，它肆意地将地上的石头啊，树啊，小山包啊簸来簸去的，我都不敢看了，我再看就要晕过去了。我闭上眼，摸着爬着回到了家。即使在下面，仍然隐隐地听到地面的动乱。

  我那么疲倦，很快就进入了睡梦，我在睡梦里犁进黑油油的熟土。蚯蚓们用优雅的叩击向我传达着一个信息：爷爷复活了，在深而又深的地底，他获得了生命，他在生长。我在梦中通体发热，我听不到爷爷生长的声音，可是蚯蚓们都听到了，他们向我传达了。我生平第一次深深地感到，我，还有我的这些同伴，我们同地心深处的爷爷成了一个整体。这是因为狮子吗？我极力想象，却怎么也想不出狮子的容貌。

阿琳娜

窗外平静下来时,我和阿琳娜手牵手下楼了。街上亮着街灯,我们在月亮下面接吻了。

她来的时候是凌晨三点，这个时候这栋老旧的房子里所有的房间都熄灯了。我听见她上楼，然后她进了房间。她应该是穿过大街小巷走来的，我估计她是住在郊区。像我这样一个人，怎么会住在市中心的呢？这有点荒唐。房间里那么黑，我却看见她的长发上面有反光，光源是在哪里呢？她像往常一样站在屋当中，身上微微散发出干辣椒的气味。我请她让我摸摸她的头发，她走过来，朝我弯下腰。她的头发像马鬃一样，冰凉冰凉的，虎虎有生气，我忍不住将自己的脸贴上去了。

阿琳娜

"你看得见我吗？"我问她。

"当然。不过我不习惯用眼睛。我们那里有很多好玩的东西，多得——多得就像这房里的蟑螂，一层层，一层层……"

"我房里有蟑螂？"

"是啊，在地板下面挣扎着要出来。城里就是蟑螂的王国。我们那里不一样，我们那里有另外的东西。一团一团的，轻盈的，有时密集有时变稀。如果被挤压到一定的时候，就会有火花，噼啪！噼啪……我在我们那里待久了就害怕，所以我就到你这里来。你把你的手伸给我好吗？"

她的嘴也是冰凉的，像个吸盘一样吸住我的手心，我感到手心一阵阵酥麻。她问我感觉怎么样，我说我有点儿害怕，不过不要紧，两个人在一起时总要好些。我又问她来的时候在路上遇见了一些什么。她说好像路上有一些白鼠。她没看，她是根据形态来判断的，因为有一只跳到了她的怀里。

阿琳娜

她突然从我的床边跳开去了，然后蹲了下来。我听到尖利的牙齿咬啮沙石的声音。那些小光在她的黑发上一闪一闪的。

"阿琳娜（这是我给她取的外国名字），我可以去你家吗？"

"不可以。那里空气稀薄，你的肺受不了。"

"那么，你不怕蟑螂？"

"我也怕。你在这里，你是个男人，我爱你。"

她在那边的桌子下面缩成一团，很像一只小熊。一只啃着石英石的小熊，太美妙了。

外面的街道上闹腾起来了，好像有千军万马奔腾而过。这种情况并不常发生，一年里头大概有一两次吧。我感到她无动于衷。"喳喳喳，喳喳喳……"的很有节奏。我问她是从什么时候开始爱上我的，她说很久以前。

"那个时候，我们那里还没有可怕的事情，我的父亲母亲，我的五个哥哥成日里游来游去的。我呢，就站在窗前想念你。"

"也许那个时候还没有我吧?"

"很可能吧。后来你就出现了。我记得第一次见到你是在小煤窑那里。我常去小煤窑,倾听那些人如何从地底钻出来。你是最后一个钻出来的,我听到你全身发出细小的响声,可能是在放电吧。这是八年前的事了。我的父母也知道我和你的事,他们说这是一件好事。他们,还有哥哥们,常拿这件事取笑我。"

窗外平静下来时,我和阿琳娜手牵手下楼了。街上亮着街灯,我们在月亮下面接吻了。昨天下过雨,马路很干净,一点都不像刚刚跑过千军万马的样子。她跑开去了,一跳一跳的,那一头长发就像火炬。我想追她,哪里追得上,她一拐弯就无影无踪了。啊,我听到上面有很多人在打开窗户看我们呢,他们在观察我这个落魄者。

我上楼的时候看见楼道里的墙上有好些蟑螂,

有的还在灯光里飞来飞去。白天里我们却见不到它们，我们这栋楼在城里以清洁舒适著称呢。楼里的居民都没有在夜间见过阿琳娜，他们说我有梦游的习惯，也许是在楼里患的这个病。有一次，是白天，我把阿琳娜介绍给楼里的几个邻居了，他们都说她是附近超市的收银员。"她真是个活泼的女子。"

由于我的坚持，阿琳娜只好同意带我去她家了。她果然住在郊区。明明是个大晴天，她却让我将雨衣和靴子都穿上。我反问她为什么自己不穿？她说她是不容易生病的，风里来雨里去的习惯了。她还说我即使做过小煤窑，体质仍旧是非常脆弱的。因为无法预见自己会遇到什么，我便乖乖地听从了她的安排。

那个地方不是我往常所熟悉的郊区。我记得我们出门没多久就上了天桥，从天桥一下来，我随着她在小巷里拐了几个弯，身边的一切就都不熟悉了。

阿琳娜

那好像是个密集的住宅区,住宅与住宅之间的小道上琳琅满目地摆满了商品,大部分都是塑料制品。小贩们吆喝着,挤得路都走不通了。阿琳娜非常灵活,像蛇一样在商品和小贩之间扭动着,一会儿就不见了。我非常着急,嘶哑着喉咙大喊:"阿琳娜!阿琳娜!"我撞翻了一个摊位,小贩们将我推倒在地上,他们在我身上用力踩,我眼前变得黑黑的。

我所在的地方发生了变化。也不知是我的眼睛出了毛病呢还是天真的暗下来了,一切都变得影影绰绰的。有难闻的气味传到我这里,像是厨房里的腐败垃圾。我想坐起来,我的手撑在地上,溜溜滑滑的,我将手举到鼻子跟前,很臭。厌恶使我强忍着疼痛站起来了。难道他们将我扔到粪坑边上了吗?我仔细地辨认了一下,觉得不像。这里应该还是那个住宅区。房子里都没点灯,也不像有人的样子。我走进最近的这栋楼,我想找地方洗手。我发出令自己毛骨悚然的声音:"阿琳娜?!"没想到有一只滚烫的小手伸过来抓住了我的手。是她!

"阿琳娜,我要洗手,我太臭了。"

"不要去管这种事。"

她将我拖进一个房间,吩咐我蹲下来。

"我的哥哥们就在隔壁,你不要弄出响声来,我怕他们笑话我。"

我蹲了下来,下意识地用手摸了摸地。啊,也是溜溜滑滑的,也很臭。

"有谁往房间里泼了粪吗?"我问。

阿琳娜不回答,我感觉到她在拼命忍住暗笑,不由得有点恼怒。

门外响起沉重的脚步声,一会儿就走过去了。

"这是我的父母。他们很爱我。你刚才受了伤,你要躺下吗?这里没有床,都被那些可恶的小贩搬空了,你愿意躺在地上吗?"

"不!"

"啊,你还不习惯我们这里。小贩们虽然有点可恶，他们的心是好的。你不是要来体验我的生活吗？他们在帮助你。"

"这里真恶心。"

"嘘，小声点！那是因为你还不习惯嘛。我去拿一个东西给你看，它会让你吃一惊。"

她在角落里弄出"咔、咔、咔……"的响声，像在用一把刀切沙石。她的小小身影像松鼠一样跳跃着。我想，这么美的女子竟然住在这种环境里。但看起来她对自己的环境还是很满意的。她来到我房间里时，浑身都散发出辛辣的香味，我还开玩笑地称她为"紫苑"呢。到底是怎么回事呢？啊，她过来了。

她将一个东西塞到我手里，那像是一块鹅卵石，冰凉，圆滑，但是里面有东西在微微地震动。我紧张地捏着它，等待下一步的事情发生。

有人在走廊里叫她，原来她的名字是一种很奇怪的发音，我听不懂。她跳起来，立刻就开门出去了。我估计叫她的那些人是她的哥哥。她曾和我说到她和她哥哥在峭壁上凿孔的情景，在我的印象里，这些哥哥们是十分强悍的。

我手里的圆石震动得越来越厉害了，我没能握得住，它掉到了水泥地上，发出婴儿的惨痛的叫声。我连忙将它捡起来，它变得一动不动了，大概死了。我竟然让它死了，阿琳娜会怎么看待我啊。我真是个废物！我将石头放进口袋，摸索着走到门那里。

他们在外面谈判。那几个男人要将我轰出去，阿琳娜不同意。他们举起鞭子一类的东西抽打阿琳娜，她在抽打下跳跃着，发出惨叫，那叫声酷似石头刚才发出的声音。情急之下我将衣袋里的石头朝他们扔过去。三个男人都愣住了。更强烈的臭味升腾起来。

"他？"其中一个男人说道。

我还没来得及说话他们就跑掉了。我听到阿琳娜在笑。

"这就是你的哥哥们吧?"

"是啊。你真勇敢!"

她弯下腰捡起那块石头交还给我。石头又有了生命,嗡嗡地震动。我们往房里走。

"这是什么?"

"我和哥哥们在下面那个岩洞里捡到的,有不少。我们用机器切割打磨成一个一个的圆石。"

"你将它送给我,我就成了你们当中的一员吗?"

"你真聪明。"

"我想去看那岩洞。"

"没人知道它在哪里,我们是从高空摔下掉进去的。没人会愿意摔第二次。快,快把这个戴上!"她递给我一只斗笠。

我刚戴好斗笠,上面就落下那些湿乎乎的东西,而且越来越密集,简直像倾盆大雨。我想,这应该是粪水吧。

"上面是个养鸭场,鸭子全都悬空养着,现在到了它们排粪的时间了。"

"这种房屋的设计真奇怪。"

我拖着她躲到走廊里去。我发现她身上的衣服全是干的。我自己虽然被臭味包围着,却隐隐约约地闻到她身上散发出来的肉桂的香味。

"你原先说,你们这里干干净净,只有一团一团的云在空中游荡。你怎么打这样的比方呢?实际情况差得太远了嘛。"

"我说的都是实话。"

"下一次来,我就找不到你了。我一点都不记得来这里的那条路了。"我抱怨说,"而且我身上尽是粪,这么臭,你不觉得我恶心吗?"

她又在暗笑,我听到了。她说带我去她的"藏身之地"。

她的"藏身之地"不在家中,却在屋外的一个很大的鸡笼子里。鸡笼没有门,我和她都可以猫着腰走进去。那里头大约有几十只母鸡,被若有似无的月光照着，好像全在发瘟病一样。它们对我们的到来一点都不吃惊，很快就给我们让出位置来了。我同阿琳娜蹲在鸡屎上面，如果是白天，我俩的样子一定极为可笑。她穿着毛茸茸的外衣，很像一只小羊羔。她告诉我说"它们来了。"我问她是谁，她说是那些白云。我看不清她，但我知道她正闭着眼，仰着她的小脸，很陶醉的样子。我也想学她，但并没有什么效果。这个时候发生了一件事：我口袋里的石头闹出很大的动静来了。我将它拿出来，它震动得很猛烈。

"你可要捏紧啊。"阿琳娜柔声对我说。

但是过了一会儿，它还是从我手里滑脱了。它一掉下去，笼子里的母鸡就全发了疯，乱飞乱窜，居然在我脸上凶猛地啄了好几下，啄出血来了。要不是我用手遮住眼睛，连眼珠都要被它们啄坏。阿琳娜气呼呼地将我拖出鸡笼，她还没忘了捡起那块石头。我听见她在说："你真调皮啊，停一下吧。"

阿琳娜

她将平息下来的石头又放回我手里。

"那种地方的石头一旦被人捡到,注定了它再也不会有安宁。"

她说现在我们已经没有地方可待了,只有铤而走险,去一个叫作"山寨"的地方。的确不能待了,我听到她的哥哥们在黑屋子里凶神恶煞地喊她的那个发音奇怪的名字。她紧紧地握着我的手臂,差不多是拖着我在那些房子之间穿来穿去,小道上尽是废木头和垃圾桶。她忽然在路当中停下来,说山寨已经到了。在我们的身旁有一大堆黑乎乎的东西,阿琳娜说那是一只熊。可是那东西一点都不像熊,它差不多有半间小屋那么大了。

"我最喜欢靠着它的身子想那件事。我一靠上去,这地方就变得那么空旷,只有一些云。我的父母和哥哥在远方呼唤我,我也呼唤他们。你可以同它握握手。"

我迟疑地将我的手伸向那黑东西。虽然我什么也没摸到,但我将手缩回时却听见"噗"地一响,好像那里面有吸力似的。

"怎么样?触到它了吧?这里是我和它的山寨。我家里的人找不到这个地方。刚才要不是他们赶我出来,我也不会带你来这里。"她的声音充满了秘密的欣喜。

受到她的话的鼓舞,我便反复地将手伸向它,倾听那"噗"地一响。我甚至走到它的里面去了。它里面什么也没有。当然,还是有些东西的,因为我感到了空气的浮力,我的脚甚至在一下一下地离地又落地。阿琳娜的声音变得遥远了。

"两朵,三朵,哈,我看太多了……"

我不太习惯空气的浮力,我总想抓住一个东西站稳。这里有一根路灯的灯柱,让我抱住它。我的动作使我自己摔了个倒栽葱。好不容易将身体旋过来,再一看,哪里有什么路灯,只不过是朦朦胧胧的一束光罢了。阿琳娜的声音还是断断续续地传来。

阿琳娜

"高……坠下去……回家！"

她让我回家吗？可是我并不想回去啊。周围的空气已变得这么清新凉爽，散发出水仙花的香味。只要我耐心一点，不乱窜，就不会摔倒。再说就是摔倒了也死不了。我还想久待一会儿，看看有什么变化没有。我开始缓缓地游起蛙泳来，不过并不像在水中那么顺利，稍微多用些力气就会翻跟头。我倒希望周围黑得伸手不见五指，这样我就可以随心所欲。这种半明半暗使得我必须倍加小心，因为到处都是障碍，它们让你拿不定主意要不要认真对待它们。大部分障碍都是虚假的，像那根灯柱一样。

我进入阿琳娜的山寨之后，衣袋里的这块石头就安静了。我将它拿到耳边去听，还是可以听到嗡嗡的声音，那声音均匀而欢快。看来我一时没法走出她的山寨，我尝试过了。反正我现在也不想出去，这里让我感到神清气爽。啊，要是阿琳娜在这里有多好！我们可以一块跳太空舞，也可以拥抱着在芳香的气流里接吻。我看到有巨大的黑影朝我缓缓移动,一共有三团,也许是她说的那种东西,像云一样的东西。它们终于过来了,将我包裹起来了。其实也没有什么可怕的,不过就是更黑一点吧。起先我是这样想的。后来呢,越来越黑了,我听到了推磨的声音,我周围这里那里爆出了火花,我就紧张起来了。

"阿琳娜!阿琳娜!"我喊道。

"回家……回家……"

她的声音被风吹破了似的,这里一点,那里一点。我已经分辨不出她到底在哪个方向了。这三团东西大概在相互碾磨,我也许会成为牺牲品。她叫我回家。我怎样才能从这里突围?我闭上眼睛,集中意念朝一个方向连续划动。我警告自己要悠着点儿,不急不躁。我记起阿琳娜起先并不赞成我闯入她的世界,也许我对她的好奇心同她对我的好奇心是相似的。此刻我听着身旁劈啪劈啪的爆炸声,心里很激动又很害怕。已经有多久了啊?我怎么还没有划出山寨？我还是睁开眼吧。

我面前真的出现了山，满山都是那些游动的火把在闪亮着。我想游到那边去，我用力，再用力，没有用，我还是在原地。风将我的雨衣吹得鼓起来，我的双脚都离地了。有人在我旁边说话，他的声音越来越响了。

"我们对那边的情况多多少少也了解一些。你也看到了，这种类型的山总是在聚积能量……靠什么呢，还不是靠相互挤压……"

哈，他是小赖，我已经走到胡同口了，雨下得很大。小赖朝我挤了挤眼，又说：

"你这个冒失鬼，这种天气也出来夜游啊！"

我知道他在暗示我梦游，我不生气，让他们去猜测吧。我摸了摸衣袋，石头还在。踌躇了一下，我还是将它拿出来了。雨立刻将它淋湿了。

"你收好吧。这种石头，我也有一块！"

他奔跑起来，比我先到达我们那栋楼房，进

去了。

　　我上楼时天忽然就亮了,楼道里很干净。我再看自己身上,也很干净。我走进自家的房间,脱下雨衣,将那块石头放在桌上,然后又对着镜子梳了梳乱糟糟的头发。我做这些事的时候一直斜眼看着那块石头。它成了一块普通的圆石,我将它放到耳边去听,什么也声音也没有。所有的生命力都从它身上溜走了。

　　小赖没有敲门就鬼头鬼脑地钻进来了。

　　"你真的也有块这样的石头?"我问他。我的声音不无失望。

　　"嗯。谁想要谁就可以去捡。"

　　"在哪里捡?"

　　"我说不太清楚。反正是一个洞穴里头吧。好些个人都掉进去过。这种雨天,谁不想往外钻呢?我理解你。我是来谈谈关于山的事情的。"

　　小赖是这栋老屋里的一个闲汉,我很少听见

他这样一本正经地说话。现在他的话句句让我震惊。他悠闲地坐在躺椅里，却并没有同我谈山的事情。因为他负责收这栋房子的水费，我就去拿钱给他。我走了几步就愣住了，推磨的声音在房里响了起来，还有细小的劈啪声。这些声音都是从小赖的嘴里发出来的。我想起阿琳娜的话："一团一团的，轻盈的，有时密集有时变稀……劈啪声。"我提高了嗓门说：

"山在哪里？山上是不是也下雨？"

小赖跳起来，口里说着"傻瓜，傻瓜"的，匆匆走出门去了。

大白天里，我无所事事，感到时间难熬。我想尽量让自己的精神变得饱满起来。我洗了个冷水澡，又做了30个俯卧撑，然后我撑着伞跑进雨里头，我一直跑到街的尽头，拐到另一条街上，又跑到尽头，再跑回家。我奔跑的时候，暴雨打在伞篷上面，像那种欢欣的大合唱："阿琳娜！阿琳娜！"

回家

这些摆设,这些物品,勾起她许许多多伤感的回忆。在目前情况下,她愿意伤感一下,伤感是美好的,要是可以哭就更好了。

她不是自愿地放弃她在市里那套平房的。二十年前,周一贞生了一场重病,只好卖掉房子,搬到这远郊的旧宿舍楼里来住。这是轮胎厂的宿舍。本来她以为自己会死,就对她的丈夫徐生说:

"你再耐烦等个一年两年就解脱了。"

徐生眼一瞪,反驳说:

"生死由天定,不是我们想怎么就能怎么的。"

周一贞在轮胎厂的宿舍房里苦挨。不知从哪一天起,她突然就觉得自己不会死了。她从附近的毛纺厂接了些活儿回家来干。她织手工绒线帽和围巾,

阿琳娜

每天做完饭就坐在阳台上干活,身体居然一天比一天硬朗起来了。郊区的空气比城里好,也能吃到新鲜的蔬菜,周一贞的身体恢复了正常。那场噩梦在她记忆中渐渐变得淡漠了。

好多年里头,老伴徐生从不提起从前的旧居,怕她伤感。

虽然坐公交车去城里费不了多少时间,周一贞还是从来没有回到旧居去看过。她倒不是个爱伤感的人,只是她在那个院里住了大半辈子,在那里上小学、中学,在那里进工厂,在那里结婚,生女儿,那平房留给她的记忆太多了。她现在已经离开了二十年,梦里面还常常是在那里生活,倒是轮胎厂宿舍很少梦到过。

星期三下午,周一贞正准备去毛纺厂交货(她织了一些宝宝鞋,可以得到较高的工钱),忽然电话铃响了。不是女儿小镜,是一个陌生的女人。她问周一贞什么时候回访她的旧居,仿佛她们之间有过约定似的。她一开口周一贞就记起来了,她正是房子后来的主人啊。

买她房子的是个单身女人,比她小五六岁,名叫朱煤,在一家设计院工作。周一贞记得在交房的那个傍晚,朱煤一直站在半开的门后面的阴影里,好像不愿别人将她的表情看得太清一样。这么多年都已经过去了,朱煤还惦记着自己,周一贞感到莫名的紧张。周一贞在电话里说自己还没想过要不要回旧居看看这个问题呢,不过她很感激朱煤,看来她将房子卖给朱煤这件事是做对了。

"做没做对,您回来看看不就知道了吗?啊?"朱煤说。

"好啊好啊,我星期六来吧。"

一放下电话周一贞就焦虑起来了。她怎么能答应这种事呢?倒不是她信迷信,或有什么忌讳,但她就是没有把握去面对从前那场病,这是她唯一没有把握的事。静脉注射啊,大把吞药丸啊,还有最恐怖的化疗啊,这些黑色的记忆几乎已被她埋葬了,难道又要重返?再说老伴徐生要是知道了也不会同意的吧。

从毛纺厂回来的路上,周一贞的情绪变好了。她意外地得到了两百元,两百元啊!这是她和徐生三个月的生活费。虽然已经五十五岁了,但她感到自己从来没有像现在这样精力充沛过。路上到处是一片一片的绿色,花儿也开得正旺,周一贞走出了毛毛汗,脑子里又构思出了一款宝宝鞋,她差点要笑出了声。快到家时,她做出了决定:星期六下午去城里的旧居看看。她为自己做出了这个决定感到自豪。

晚饭后,她对老伴说了这件事。

"朱煤可不是个一般的女人。"徐生说。

"你的意思是我最好不要去?"

"不不,我不是这个意思。为什么不去?既然你想去,就去。"

徐生的回答出乎周一贞的意料。周一贞知道他决不是不关心她而信口说说,那么,他是出于什么理由认为她应该重返旧居？徐生是一个性格很直，也比较简单的人，连他都认为她可以回去看看，那她此行大概不会有问题了。再说她对旧居还是有好奇心的。

三天的等待很快就过去了。这三天里头周一贞又织出了一款式样全新的宝宝鞋，简直漂亮极了。老徐也拿着绒线鞋左看右看，跟着她乐，还说："你可要记得将你的编织手艺的水平告诉朱煤啊。"周一贞问他为什么非得告诉朱煤，他的理由很奇怪。他说：

"不要让她小看了我们。"

周一贞听了吃一惊，觉得连老伴这样的人说话也怪里怪气了。

"我才不管人家如何看我呢。"她回敬徐生说。

"那就好。"

周一贞坐在公交车上有点紧张，她对这次重返还是有点担心的。她在心里反复对自己说，如果将事情都往好处想，就不会有问题。

她下车后就往吉祥胡同走，到了那里才发现，胡同已经破败得不像个样子了。到处都是拆掉的平房，一点往日的风貌都见不到了。根据城市扩张的进度，周一贞应该早就料到这种情况的，但她不是一个善于预测事情的人，所以胡同的变化给了她很大的震动。

她终于回到从前的家了。她那个小院倒还是很完整的，只是此刻一个人都没有。周一贞看到了房门外的那个自来水龙头，从前她经常洗衣服洗拖把的地方。她的鼻子有点酸，但她很快控制了自己。

她敲门，敲了几回没人答应，于是轻轻一推，门开了。

多么奇怪啊，两间房里的摆设同她从前那个家里的摆设一模一样！她不是将家具和摆设全搬走了吗？她和老徐交给朱煤的是空房啊。周一贞百感交集地坐在从前的老式梳妆台前，她不想动了。她记起最后一次坐在这里梳头时的情形。当时镜子里映出的秃头女人令她一阵阵颤抖。

她听到有脚步声走近,大概女主人回来了。

"周姐,您来了,这有多么好!我真幸福!"朱煤看了她一眼说道。

"幸福?"

"是啊。您总是给我力量嘛。"

"等一等,您说的是怎么回事?还有这屋里的家具和摆设——"

"啊,您不要多心,这是我自己设计的,根据我以前看到过的来设计的。那时我到您家来过好几次,您忘了吗?我可是设计师。怎么说呢,当时我处在我人生的低潮中,我决心脱胎换骨,变成另外一个人。我在医院偶然遇见了您,得知你们要卖房子,我就尾随您和您丈夫来这里了。"

"您决心把您自己变成我吗?"周一贞说话时脸一下子变得惨白了。

"是的。请您别生气。"朱煤回答时直视着周一贞的眼睛,"事实上,您挽救了我。您瞧,我现在过得充实有序。"

"您让我想一想,我很不习惯这个消息。"

"这是我为您泡的茶,您喝了吧。您脸色不好,要不要躺下休息一会儿?这儿仍然是您的家。"

周一贞喝了几口茶之后定下神来了。她的目光变得呆滞了,缓缓地在那些熟悉的家具摆设上移动着。

"太好了。"她言不由衷地说,"这下我真的回到原先的家里来了。那是我的小砍刀吧?正是我从前在加工厂砍莲子的时候用的。朱煤小妹,您真是费心了,世上竟有这样的事。"

有一位邻居站在房门口朝里看,他认出了周一贞。

"煤阿姨,您家中来客人了啊。我要收电费了,您哪天交?哪天方便我就哪天来。"

他并不同周一贞打招呼,这令她尴尬,也很委屈。莫非这位邻居认为她已经死了?那时她同他可是天天见面的。

"对,我来客人了,您不认识我的客人吗?"朱煤说。

"有点面熟,不,不认识。"

他离开了,他的样子有点惶恐。周一贞突然感到很累,眼皮都在打架了,朱煤的身影在她眼里变得歪歪斜斜的。

"您困了,您躺下吧,我来帮您脱鞋。这就好了,我去买点菜回来,咱俩晚上好好吃一顿。什么?您说蜘蛛?不要怕,这屋里是有一只,不过那算不了什……"

周一贞入梦前听见朱煤将门关上出去了。

周一贞醒来时太阳都落下去了,她睡了很长时间。她对自己的行为感到奇怪:怎么会跑到别人家里来睡在别人床上？她从前从来不做这种出格的事。她听到朱煤在厨房里忙上忙下，于是连忙起来折好了被子，去帮忙。

她看到朱煤把饭菜做得很香，心想她真是个会生活的女人。

吃饭时周一贞说：

"您瞧我，真不像话……"

朱煤立刻打断她，要她"不要有任何顾虑"，因为这里本来就是她的家，她爱怎么就怎么。再说是自己请她来的嘛。

吃完饭，两人一块收拾了厨房，周一贞要回家了。朱煤对她说：

"您没注意到两间房里开了两个铺吗？这张床就是为您准备的啊。您没来时，我一直睡在里面那间房里。"

周一贞对她的话感到很意外。

"我还没同老徐商量，我估计他不会同意的。"

"为什么呢?我倒认为他一定会同意。您给他去个电话吧。"

于是周一贞坐下来打电话。

"这是很好的事嘛。"徐生在电话里爽快地说,"难得人家盛情挽留,你也正好交个朋友啊。"

周一贞感到老徐的态度很陌生,因为他从来不是个爱交朋友的人,他也知道周一贞不是。周一贞有点生气,就对老伴说:

"那我今天就不回去了,这可是你同意的啊。"

"当然当然,是我同意的。"

她一放下电话,朱煤就拍起手来。

"老徐真是个通情达理的男子汉!"

但周一贞高兴不起来,她还在生老伴的气呢。

这时朱煤招呼周一贞坐到书桌前去,她已经在台灯下摆了一本很大的相册,让周一贞翻看。

相册里的照片都是周一贞熟悉的背景,简直熟得不能再熟了,是让她魂牵梦萦的那些。比如胡同

阿琳娜

口的一个石头狮子，比如离家最近的那条街上的一个铸铁邮筒，比如那家经营了二十多年的糖葫芦店，还有小院里的枣树、树下晾晒的杂色衣物，等等。但照片里的主人公朱煤的表情却不那么熟悉。周一贞发现每张照片里的朱煤的面部都很模糊，而她的身躯也不那么清晰，像一个影子一样。就是说，只能勉强认为那是朱煤。再仔细看，周一贞吃了一惊。因为每张照片中的那个主角居然很像她自己。周一贞和朱煤长得并不相像，朱煤有文化人的气质，周一贞没有。可这些照片究竟是怎么回事？

当周一贞将大本相册翻完时，回头一看，朱煤已经不见了。于是她起身，走到每间房里仔细打量。这些摆设，这些物品，勾起她许许多多伤感的回忆。在目前情况下，她愿意伤感一下，伤感是美好的，要是可以哭就更好了。但她哭不出来。看来朱煤外出了，她怎么可以这样，丢下客人不管，自顾自地行动？但她为什么不能这样呢？她已经说了要周一贞把这里还当作自己的家嘛。外面静悄悄的，只有风在吹着枣树的树枝摇动，发出低沉的响声。周一贞在房里有种很安全的感觉了。她很后悔，因为自己竟然二十年没回来，她对发生在自己身上的一切该有多么大的误解！如果朱煤不叫她回来，她不就永远不回来了吗？会不会朱煤在二十年里头一直在叫她回来，用朱煤的特殊的方式叫她回来，而她没听见？周一贞就这样思来想去的，时而坐下，时而站起来踱步。她感到眼前的熟悉之物在低声对她讲话，可惜她听不懂。

墙角有个小铁桶，里面装着干莲子，铁桶边是小砍凳。周一贞的心欢乐地猛跳起来！她立刻坐下剖起莲子来了。多么奇怪啊，二十多年没再做过的工作居然还可以做得很好！她几乎看都不用看，一颗一颗地剖下去。就好像她不是在剖莲子，而是在大森林里捡蘑菇，不断发现一个又一个的意外惊喜。当她工作的时候，她没有回想年轻的时候在工厂里的那些旧事。相反，她所想到的全是平时从没想过的好事情。比如……啊，她快乐得要透不过气来了！她不会因为快乐而死去吧？

"周姐，您在钓鱼吗？"

朱煤的声音在门口响起，她为什么不进来呢？她在同自己玩捉迷藏吗？周一贞将砍刀放好，向门口走去。

院子里没有人，朱煤躲在哪里呢？周一贞在那棵枣树下轻盈地走来走去，胸中涨满了激情。这个院里另外还有五家人家，都亮着灯，但房门关得紧紧的。周一贞记得从前可不是这样，那时大家来往密切，房门总是敞开的。难道这些房子都换了主人？

她不知不觉地走出了院门，来到了胡同里。多么奇怪，胡同在夜里看起来完全不是白天那副破败的样子了，而是既整洁，又有活力的样子。虽然一个人都看不到，那条路却在幽幽地发光，仿佛余留着白天的热闹。胡同两边那几座四合院的大门敞开着,让人想入非非。

周一贞看见前面有个女人的身影一闪就进了那家四合院。啊,那不是朱煤吗?她尝试着喊了一声:

"朱煤!"

朱煤立刻从大门内出来了。她很快跑到周一贞的面前。

"连您也出来了,"她笑着说,"当然,为什么不出来?我们这里到了夜里就是世外桃源。您知道我去这里面找谁吗?我是去找我的情人,他才28岁,是一个天不怕地不怕的家伙!"

周一贞听出了朱煤的口气里那种淫荡的意味。要在平时,她可受不了。可是在今夜这样的月光,这样的空气里头,她竟然觉得一切都是那么的合理。50岁的朱煤,正应该爱上28岁的小伙子嘛。如果她周一贞是个小伙子,也要爱上朱煤的,朱煤可是稀世宝贝。

"原来这样。我打扰您了。您别管我,我走了。"

她连忙说。

"不,您别走!"朱煤果断地一扬手,说道,"您既然出来了,我就要同您共享快乐。您看,夜色多美!"

"是啊,是的……"周一贞喃喃低语道。

"我们去您从前工作的加工厂,现在那里是小商品零售商场。"

周一贞想拒绝,因为这二十年来,她一贯害怕遇见从前的同事。可是朱煤紧紧地挽着她往那个方向走,周一贞感到朱煤热情得像一团火一样。也许她是将对情人的热情转移到这上面来了。她为什么要这么热情?朱煤一路上说出了答案。她告诉周一贞,加工厂倒闭之前,她也在那里工作了两年。她是作为临时工进去的。可惜她没能干多久,厂子就倒闭了。后来她只好拾起从前的老行当,帮人做设计。这些年她做设计也赚了些钱,但她总是怀念在加工厂的美好日子。她说话的时候,周一贞想起了那些莲子，心里涌起莫名的激情，于是不由自主地说：

"加工厂的劳动生活真是美妙啊！"

"您瞧！您瞧！"朱煤在夜色中大喊大叫，"我说出了您的心里话吧！人只要去过那种地方一次，就终生难忘！"

她们来到加工厂原址时，周一贞看见那里完全变样了。

厂房里原先的那些车间全变成了小商店，到处结着小彩灯，人来人往的。那些店主有的面熟，是原来加工厂的工人，有的不熟。他们一律热情地同朱煤打招呼，但都没认出周一贞来。这些铺面卖的东西很杂，厨房用具啦，厕所用品啦，文具啦，小五金啦，童鞋啦，五花八门的。

周一贞见到这些从前的工作伙伴，尽管他们没认出她，她的心情还是很好。她在心里感激朱煤，因为她并不向这些人介绍自己，而她也愿意朱煤这样做。她跟在朱煤后面走，非常放松。她心里升起一种快乐的预感。

朱煤拉着周一贞进了卖瓷器的铺子。这个铺面是前后两间，店主是周一贞不认识的中年女人。店主邀她俩坐下来时，周一贞又感到店主有点面熟。周一贞刚坐下，女人却又拉着朱煤到里面那间房里去了，留下周一贞一个人守着那些瓷器。

一会儿就有六七个顾客拥进来了。周一贞很着急，希望朱煤和那女人快出来，可她俩就是停留在后面的仓库里不出来。

有一位老头拿起一把茶壶向周一贞询问价格，周一贞说自己不是店主。

"您不是店主，怎么站在这里？"他责备地说，"要敢于负责任嘛。哈，我看到价格了，贴在茶壶底下！二十三元。"

他掏出钱贾，数出二十三元，放在柜台上就往外走，边走还边气冲冲地说："没见过你这样做生意的。"

接着又有一位少妇拿了一只花瓶来找周一贞。周一贞只好老实相告，说让她等一下，因为店主在里面房里。她走到里面那间仓库里一看，哪里有人呢？却原来这间房有一张门向外开着，通到小街上。她俩一定是从这里出去，到街上游玩去了。

　　她转回来告诉少妇说，店主不在，有事去了。

　　"可是你不是在这里吗？"少妇瞪圆了眼睛说。

　　后来少妇说她查到了价格是三十七元，于是将四十元钞票拍在柜台上，拿了花瓶就离开了。周一贞连忙将那些钞票收好。

　　进来的这一拨顾客每个人都买了东西。只有最后一名顾客要同周一贞讨价还价。他捧着一个大汤碗，说十五元太贵了，要周一贞以十元的价格卖给他。周一贞说店主不在，她做不了主。

　　"你怎么会做不了主？刚才不是卖了这么多东西吗？"他的口气有点凶。

　　周一贞害怕起来，朝着后面房里大喊："朱煤！

朱煤！"

那男子连忙说：

"别喊了！我不买还不行吗？"

他从她身边擦过去时，周一贞突然认出他是她从前的小组长。那时她和他天天坐在一个车间里剖莲子。他为什么要威胁她？

周一贞对朱煤很生气，她将那些钱放到柜台下的抽屉里，随手关上铺面的大门，跑步逃出了她从前工作过的地方。

她一下子就变得轻松了。她想，她是出来游玩的，朱煤为什么要将她逼得这么紧？瓷器店发生的事实在是讳莫如深。周边的环境改变得很厉害，加上灯光稀少，周一贞居然在从前工作过的工厂外面迷路了。这时她听到有人叫她的名字，便回头一看，看见了从前的工友白娥。除了声音以外，这位往日的白净少妇已经完全变了，即使在朦胧的电灯光里也看得出，她脸上黑巴巴的，而且很瘦。但她似乎精神很好。

"周一贞,到我家去!"她急切地说,"你应该到我家去,我现在是一个人生活了,你可以住在我家里!"

她用力拽着周一贞的手臂,将她拖进路边的矮房子里。那房间里黑洞洞的,她俩几乎是一块跌到了一张铺着席梦思的大床上。周一贞挣扎着想爬起来,因为她还没脱鞋呢。白娥仍然死死地拽住她,说到了她家用不着穷讲究,入乡随俗最好。

"外面黑灯瞎火的,你还能到哪里去?"白娥的声音阴森起来。

周一贞立刻停止了挣扎,变得安静了。一分钟以后,她的眼皮就打架了。她感到一床被子盖在了她身上。她隐隐地听到白娥在同门外的人吵架。

周一贞醒来时,天已经大亮了。她看见从前的同事白娥正坐在床边静静地观察她,看得那么入迷。

周一贞一下子脸红了,她不习惯被人端详。

"一贞姐,我们终于会面了。"她说。

"是啊,终于。"周一贞顺着她的语气说。

"我还以为我等不到这一天了呢。"

"人活在世上就靠运气。"周一贞又顺着她的语气说。

"不!你这样说是错误的!"

白娥生气地站了起来,开始在房里走过来走过去,很激动。

周一贞铺着被子,拍打着床上的灰,等待白娥发作。

但白娥却并没有发作,突然又转怒为喜,凑到她耳边轻轻地说:

"我知道你是从朱煤那里来的。昨天你一到她家,我们加工厂所有的人都知道了,每个人都急着要来看你。我嘛,抢在所有的人之前把你抓到了手!"

"既然你们都这样,那为什么在小商品市场那里,你们又都装作不认得我呢?我看见了好几个原先加工厂的同事。"周一贞说。

"装作不认得你,那当然!大家你看着我、我看着你的,只能装作不认得你嘛。要等到了黑地里,才能出其不意,一把抓去。这是规则嘛,你看我就是这样做的。这些年,我们对你的好奇心是很大的,都想知道你是怎么活过来的啊!你是我们大家的希望。"

周一贞洗了脸,刷了牙,然后坐下来同白娥一块吃早饭。她看见白娥仍是目不转睛地打量自己,就笑着问:

"我身上有什么好看的吗?"

"我不是看你,我看我自己呢。你走了之后,就把我的魂带走了。我一直在想,据说周一贞没有死,又活过来了,那究竟是怎样一种情形?我真想再见一见她啊!所以昨天夜里,我的梦想成真了。"

周一贞听了这话感到很受鼓舞,一时兴起,就做了几个飞鸟的动作。她做完动作后又有点不好意思，就向白娥解释说：

"想想看，连我这样不起眼的人都能死里逃生，你们大家就更不用说了！我要告诉你的是：人人都会有转机。不过我现在要离开你了，朱煤一定在等我。谢谢你的招待。"

"一贞，祝你好运。我也谢谢你陪伴我度过了美好的夜晚。昨天夜里的景色真美，那只梅花鹿跑得真快。"

白娥说完这些话之后就垂下了她的目光，她盯着桌布上的一块油渍发起呆来，把周一贞完全忘记了。

周一贞走出白娥的家，这才发现白娥家在一条相对安静的街上，从这里她还要穿过两条街才能到吉祥胡同。她打算去同朱煤告别，然后回家去。她心里涌动着欢乐，也有点迷惑。她想，她只有回到家才能把自己的思想整理清楚。她从家里来到旧居，遇见了一些新奇的事，但最最令她吃惊的事却是这里的人都将她当作他们中的一员，好像她周一贞一直生活在他们中间，就连瓷器店的那些顾客也不同她见外。这到底是什么原因？她不是已经从这里消失了二十年吗？

在白天，吉祥胡同又恢复了破败的模样。昨天看见过的那几座四合院再也找不到了，路上到处堆着一堆一堆的碎石和沙子，像是准备修路。还有一大堆煤堆在路当中，她只得绕着走，鞋子还是弄脏了。周一贞感到吉祥胡同变得令人厌恶了。旧居的院子里一个人都没有，大概都上班去了。朱煤和昨夜的女店主坐在家门口，看见周一贞来了，一点都不吃惊。看来这两个人昨夜是待在朱煤家里。

"我把货款都放在柜台下面的抽屉里面了。"周一贞说，"我实在是不敢自作主张帮您做生意……"

"不要紧不要紧！"那女人打断周一贞说，"那点生意无所谓的。您给我们带来了惊喜，我和朱煤整整一夜都在谈论您呢!"

"谈论我?"

"是啊,您在我们这个圈子里引起了轰动。我走了,您可要好好保重自己啊。再见!"

朱煤和周一贞两人目送着她消失在院门那里。

"朱煤,我是来同您告别的。这次访问旧居给我留下了美好的印象,我也长了许多见识。可是——怎么说呢?我觉得我从昨天到今天经历的这些事都像蒙着一层纱,看不分明。我现在心里很激动,我又说不出我为什么激动。您能理解我的心情吗?"

朱煤瞪着眼,直视着周一贞,然后点了点头,说:

"我理解您,周姐。要是连我都不理解您,谁还能理解您?我邀请您来,您就来了,这不就是'心有灵犀一点通'吗?二十年前,我就觉得我可以像您那样生活。现在事实证明,我做得不赖。让我送一送您。"

她俩走出院门时朱煤说:

"您的鞋子弄脏了,您从大路来的。还有一条岔路呢。"

"啊,原来如此!我找那些四合院来着,怎么也找不到了。我竟会在从前的家门口迷路,这是怎么回事?"

"这事肯定会这样发生的。往这边来!"

朱煤将周一贞用力一拨,两人就转到了那条岔路上。那几座四合院又出现了,那些大门还是像昨天一样敞开着。周一贞又看到了昨夜的那种胡同景色。这真是一条寂静的小胡同!这条胡同是哪一年修出来的?她从来没见过这些四合院,它们看起来有些古老了,它们是从哪里冒出来的?朱煤发现周一贞脸上迷惑的表情,就笑起来。

"周姐,当年是您挽救了我,所以我总想报答您啊。您走了之后,我一年又一年地在这里等您回来,现在您终于回来了。您说说看,您对您的旧居有什么感想?"

阿琳娜

"我觉得这里的人也好,景物也好,和以前都完全不同了。以前这里比较阴沉。可我不能确定,是不是我自己从前性格阴沉?从昨天出来到现在,我的心情一下都没平静过。这里的人们太热情了,但我并不懂得这些人,哪怕从前我天天与他们相处。他们就好像胸中有一团火一样,朱煤,您能告诉我要怎样才能懂得我从前的同事吗?"

"您不用完全懂得我们,您只要感觉得到我们的爱就行了。"

朱煤刚说完这句话,公交车就来了。她俩拥抱告别。

车子开动时,朱煤朝周一贞挥手。

"时常回家来看看啊!"她喊道。

周一贞站在车上发呆。一直到车子开到她家所在的那条马路,她下了车,又到附近菜场买了蔬菜,回到家里,她的思绪还停留在旧居。她决心在今后的生活中将旧居的那些谜团慢慢解开。

女孩和胭脂

月光很亮了,她在想象中的格子里跳房子。她飞起来又落下,她的赤脚没有弄出一点响声。

因为那个人老在窗外唤她的名字,毛妹只好摸黑爬起来,找到火柴,划一根,又划一根,直到划第四根才点燃了油灯。油灯一亮她就壮了胆。

她的姐姐桔花在对面床上睡得很香,半张着嘴,一副憨相。

毛妹透过玻璃往外看,看见那个人坐在禾坪边上,垂着头。他是个上了年纪的人。毛妹敲敲窗玻璃,那人就站起来了。啊,那么高!他像个巨人。他过来了,于是窗前那一块地方变得一片黑暗。毛妹觉得这个人像一座移动的山。他的脑袋一定比她家房子的屋顶还要高。

他在上面说话，嗡嗡嗡嗡的，完全听不清。毛妹感到有风从上方吹下来，油灯被吹灭了。她立刻颤栗起来。

"毛妹，你在同谁说话？"桔花问。

"没有谁，是我自己。"

毛妹摸回床上，盖上被子。她看见窗前的黑影移开了，月光重又洒到地上。不一会儿，那人又唤她了：

"唐小毛！唐小毛！"

那声音竟有点凄惨。毛妹想，或许那人并不是唤她，他是唤他自己的女儿，或许这个巨人的女儿走失了。她又想，如果是他自己的女儿走失了，他为什么朝着她的房间唤"唐小毛"呢？世上不会有这么巧的事吧。

"毛妹？"桔花又说话了。

"啊？"

"你可不要出去,掉下去就会死。"

"你认识他吗?"

"嗯。他卖胭脂。那么高的桥,下面是浅浅的泉水,谁敢往下跳?他的声音很特别,我早就听出来了。"

桔花好像在床上吃什么东西。她吃完了,就又睡着了。

毛妹鼓起勇气悄悄地溜到屋前的禾坪里,可是巨人已经不在那里了。他坐过的地方扔着一些自制烟卷的烟头,有小黄瓜那么粗。毛妹设想着巨人那忧伤的样子,不由得啊了一声。什么鸟儿在啄她的赤脚。她弯下腰一看,原来是自家的公鸡从鸡笼子里跑出来了,真是怪事。公鸡一跳就跳到谷桶上,开始啼鸣。它叫了又叫。毛妹看见自家的两个房间灯都亮了。糟了,爹爹和妈妈都知道自己跑出来了。怎么办?

毛妹躲到自家茅厕后面的青蒿丛中,从那里可以看见家里的两个窗户。灯虽然还亮着,但家里人并没有出来寻她。半空中有人说话了。

"你们这种村子,建在世界的边缘,刮风下雨都要小心。"

她知道那是巨人在说话,可为什么看不到他呢?无论上面还是下面都没有他的踪影,真怪。

自家的那只公鸡还在叫,但是那叫声已经非常遥远,就像从远处的山里传来的一样。她再一看,那两个房间的灯都灭了,大概他们又睡下了。毛妹希望巨人再同她说话,这样她就可以问他一些事。但是周围的一切全沉默了,连远方的鸡叫都变得隐隐约约。毛妹虽然有点害怕,同时也觉得自己没有必要躲藏了。她来到禾坪。

月光很亮了,她在想象中的格子里跳房子。她飞起来又落下,她的赤脚没有弄出一点响声。忽然,她发现巨人又坐在禾坪边上了。

毛妹走近巨人,用清晰的声音问他:

"伯伯，您家里是不是走丢了一个人？"

"是啊，小妹妹，那是好多年以前的事了。你瞧，我在这里哭。我住的那种地方啊，小孩子没法不走丢。"

他垂下了头。但毛妹没听到他的哭声。她想，巨人的哭声是听不见的。

"原来这样。那么，我能去您家里吗？我去了之后会走丢吗？"

她的话还没说完巨人就消失了。周围的空气发出沙沙沙的响声，仿佛他仍在这附近活动一般。毛妹想起了桥，桔花说，巨人从桥上往下跳，这是真的吗？桥在离集市不远的地方，的确很高。他喊"唐小毛"的时候，是喊她还是喊他丢失的女儿？

毛妹很想再同巨人说说话，但他不再出现了。她等了又等，他还是不出现。水塘里倒是有黑影掠过，莫非是他？毛妹觉得很乏味、很沮丧，她要回家去睡觉了。

她从水缸里舀水冲了脚，穿上塑料拖鞋，小心翼翼地溜回卧房。

她在卧房里吃了一惊，因为桔花不在她床上了。啊，原来桔花先前根本就没睡着，是骗她的。会不会巨人故意喊"唐小毛"，其实是给桔花发信号？桔花不是对他的声音那么熟悉吗？

毛妹躺在床上，想象桔花从那桥上头往下跳的情形。为什么是桔花？桔花是很胆小的，连毛毛虫都怕。可是桔花又胆大包天，敢让水牛踩在自己的背上。

毛妹在焦虑中睡着了。

毛妹睡了一大觉醒来时，看见屋里仍是黑的，桔花的床上仍是没人。多么奇怪啊，夜竟会这么长！毛妹再一次赤着脚溜了出去。她要去找桔花，她感到桔花一定是独自外出冒险去了。虽然桔花是她姐姐，但她很少同毛妹一块去冒险。在毛妹的印象中,桔花总在冒险。所以当她说起巨人要她从桥上往下跳的事时,毛妹立刻相信了。有一回,她还从老樟树的树梢跳进了水塘。

她检查了茅厕后面,又检查了那片矮树林,都没有桔花的身影。她会不会到集市那里去了呢?毛妹想象着桔花同巨人在集市见面的情形,心里激动起来。那座桥,两条窄窄的石板,山泉在桥下轰响着。

她决定到集市去。既然这天老不亮,那就是冒险的好时候。有一回,大概是她十岁的时候,天也是这样老不亮,她睡了又醒,醒了又睡,最后起来时,怎么也找不到家里的人了。她到村里走了一圈,到处都静静的,连鸡鸭也不出来了。她越走越胆寒,赶紧回家。后来她在卧室里待了很久很久,饿得昏了过去。再后来是妈妈用米汤将她灌醒的,一边灌一边骂她蠢。事后她问桔花天黑时躲到哪里去了,桔花说她同爹爹在山里砍柴,还说山里头并不黑,亮堂堂的。就是那一回,桔花说了一句让她永远忘

阿琳娜

不了的话。桔花说:"你为什么不冲出去呢?黑地里到处是栗子树,吃不完。"

毛妹匆匆地走着夜路,她很想碰见一个人,哪怕一个小孩也好,可去集市的路上就是一个人都没有。当然也没有栗子树。那条小河里似乎有人在捞鱼,凑近一看呢又根本没人,是风吹得野草作响。

终于来到了那座桥上,现在是枯水季节,所以桥底下也没有水响。她在桥上东张西望了一阵,然后过了桥,往前走,走进了空空的集市。

一进集市毛妹就后悔了。这里并不像村里那么黑,只不过是比阴天黑一些而已。那些空空的摊位,那些关了门的铺子、门口搭着油布篷的小酒店,一眼望去都看得清楚。这里哪有什么险可冒?她感到桔花没到这个乏味的地方来,她还感到只有像她这么蠢的人才会跑到这里来。她走累了,于是在百货店的台阶上坐下来休息。她惴惴不安地想,天什么时候才会亮?她这样一想更加后悔,看来只好休息

女孩和胭脂

一会儿就回家了。

突然她背后的门吱呀一声开了。一个细细的童声在说话：

"你是谁家的？外面这么黑，你怎么坐在外面？你没有地方睡觉吗？你也像我一样用不着睡觉吗？"

毛妹听出屋里是一个女孩，可是毛妹看不到她。这是一家卖毛巾和拖鞋的百货店，毛妹很喜欢他们出售的小毛巾，尤其是上面印着牵牛花的那种。

门口伸出了女孩的一只穿着凉鞋的脚。

毛妹走进百货店，没想到里面那么黑。她凭记忆用手摸索着往前走了几步。她没有触到里面的柜台。难道这是间空屋？小女孩"咯咯"地笑了。

"你什么都看不见吧？我们这里就这样，外面的人进来什么都看不见。可是我们家的人看起来，屋里是很亮的，外面才黑得厉害。我的名字叫海带。你是山里人，没见过海带吧？小心，不要动！这里有把椅子。"

151

毛妹在椅子上坐了下来。她看不见海带，但感觉得到她就在附近。

"今天夜里怎么这么长？好像已经过了两天！"毛妹叹息道。

"有人要搞活动嘛，我早就听人说了。集市的人全躲起来了，配合那些搞活动的人。你也是来搞活动的吧？"

"是啊。我想搞活动，可我又不知道怎么开始。海带，你带着我搞活动吧，我待在家里真无聊，我觉得我要死了。"

毛妹说出这几句话后自己也吓了一跳。她怎么会说出这种夸张的话来？在家里的时候，她从来不说死呀活呀的话。

海带沉默了。毛妹听得见她的喘气声，她似乎很激动。过了好一会，毛妹才听到她说话。

"我和我爹再也不能见面了。"

"你爹是巨人伯伯吗？"毛妹心怀希望地问道。

"我是在北方走丢的。我知道自己走丢了的时候,我已经到了南方。南方就是你们这里。我太贪玩了,看见那条木船我就跳了上去。我很喜欢你们这里,尤其是在搞活动的时候。你听,外面有人在笑。"

毛妹也听到了笑声,但不是在外面,而是在这间房的深处,更黑的地方。那很像桔花的笑声,她忍不住喊了一声:"桔花?!"

没有人答应。海带也不出声了,莫非她不在屋里了?

毛妹站起来,摸索着往房间的深处迈步。她觉得自己已经走到桔花发出笑声的那个地方了,可为什么周围还是空荡荡黑乎乎的?她又走了十几步,还是没有碰到墙壁。有什么东西响了几下,像是马达。毛妹很害怕,她一抬头,看见空中亮起了一支蜡烛,那支蜡烛照着一个楼梯,楼梯尽头有一张小门。屋里的其他地方还是黑得厉害,什么也分辨不出来。声音很像桔花的人又笑起来了。这一回,笑声仍然来自前面更黑的处所。这间屋子到底有多大啊？

"她其实什么都不怕，她到处自寻死路……"

"嗯，有道理。你看这些石头的硬度怎么样？"

"石头的硬度嘛，要根据你的头盖骨的硬度来定。"

毛妹觉得这两个谈话的人故作老成，不由得撇了撇嘴。她摸到了楼梯的扶手，便小心翼翼地往上爬。她注意到自己一开始爬楼，下面那两个人就不说话了，也许她们在屏住气看她如何失足？毛妹想退下来，可是她往下面一看就打消了念头：她每往上爬一级，底下的那一级楼梯就消失了。蜡烛始终只照着她前面那块地方。然而她看到上面的小门打开了。她想，也许那是卧房吧，要不能是什么？

她终于爬到了顶上，一步一挪地走到那张小门那里。啊，根本不是卧房，是黑乎乎的外面，凉风扑面而来。毛妹一转身，看见两个黑影也上楼来了，慢慢地朝她靠近。

女孩和胭脂

"桔花?"她胆颤心惊地轻唤。

还是没有人答应她。那两个影子没有实体,停在她的对面了。毛妹死死地盯着在风中晃动的蜡烛,她感到小蜡烛很快就要被吹灭了。她的双腿开始发软,她坐了下去。蜡烛在她坐下去的瞬间熄灭了。

"头盖骨总硬不过岩石吧。"很像桔花的那个声音说道。

"有时也难说。"另一个细细的声音回应道。

毛妹坐在原地吹着凉风,在心里嘀咕道:"桔花桔花,你又要看我的笑话了吧?要是那个人喊的不是我,而是你,我又要嫉妒了。可他偏偏叫的是我。他叫了我,我出来了,他又不给我指路……"毛妹就这样在心里抱怨着。现在她既不敢去门那边,也不敢下去,她觉得自己像是坐在半空中的木板上,摔下去可不得了。

有人在推她,她拼死抗拒,紧张得要晕过去了。她听到那人在她耳边说:"没事,没事,脑袋还能硬

阿琳娜

过岩石？"即使快要晕过去了，毛妹还是想弄清这个人话里的意思。难道他把她的脑袋比作岩石？如果不是，那么他说的脑袋又是谁的脑袋？事情变得多么令人纠结啊。

那人终于将毛妹猛地推出了门外，毛妹吓出了冷汗。但她并没有掉下去，只不过是滚到了另一个房间，她能看见房间模糊的轮廓。外面要天亮了吗？不，窗外还是黑得厉害。"毛妹啊，毛妹啊！"那个像桔花的声音移到了窗外遥远的地方。毛妹站起来，走到窗户那里，呼唤她的那个声音就消失了。只有风在吹，吹出尖锐的呼哨声。外面那么黑，什么都看不见。难怪海带说屋里比外面亮呢，屋里的确有点亮，是从哪里来的光呢？她四周环顾，一下子觉得光线来自天花板，一下子又觉得是墙壁在发光。

她终于记起了这里是个毛巾店，还卖拖鞋。看来这种店根本就不是什么店，是骗人的。是不是集市上的店都藏着鬼怪？桔花该早就知道了这种事吧?她记得春天里她同桔花来这里买毛巾时,店里坐着一个瞎眼老太。桔花悄悄地对她说:"别惊醒她,会有麻烦。"于是把钱放在柜台上,拿了毛巾就拖着她溜走了。她怎么把这事忘了?毛妹有点懊恼,她生活中处处有桔花,桔花总是抢先,而她蒙在鼓里。现在她还是到了这个麻烦里头了,这会不会是桔花安排的呢?或者竟是巨人安排的?

她刚一想到巨人,窗外的风里头就夹带了巨人的呼喊。

"唐小毛!唐小毛……出来拿你的胭脂吧!"

"等一等,等一等!我就来!"毛妹连忙向着窗外回应。

一股狂风吹向她,她往后倒退了几步。现在毛妹什么都不顾了,她要下去,冒着摔死的危险下去。摸到了楼梯那里,她听见有女孩子在拐弯处恶意地笑着。这笑声给了毛妹勇气,她不再惧怕踏空,扶着扶手往下走去。可是她并没有踏空——步步踏在实处。在楼梯下面的房间里,海带正高举着蜡烛为她照亮!海带真是一个美丽的女孩子,可为什么她只有一只眼睛呢?海带见她下来了就吹灭了蜡烛,她说:"屋里够亮的了。"

"你到哪里去?"她机警地抓住毛妹的手腕。

"我买了胭脂,我……"

"不准去!你要闯祸的,你怎么能分得清敌人和朋友?只有一只眼的人才分得清,像我和我奶奶,我们都是一只眼睛。"

"你们另外那只眼睛到哪里去了?"

"藏起来了。外面那么黑,有敌人的时候天就不亮。"

毛妹的手腕被她抓得很疼,就恳求她放松一点。

"谁在那里讲话?"苍老的女声响起来了。

"奶奶,我来了!"

海带立刻丢开毛妹,扑向她奶奶发出声音的方向。那个方向黑洞洞的。

毛妹用力跑，跑到了屋外。她看看背后，并没有人来追她。

集市还是那个样子，既不是夜里也不是白天，到处空空荡荡的，一点也不像藏着什么秘密。毛妹又后悔了。她干吗要出来？待在那百货店里不是有意思得多吗？奇怪的是她一出来外面就一丝风都不刮了。她烦闷地走来走去，却一点都不想回家。这种天，回家什么也干不了。

什么地方响起了鸡叫声，很像家里的那只公鸡。啊，原来它在那里！它立在卖菜的水泥平台上，叫得正欢呢。果然是家里的大公鸡，要不就是另外一只一模一样的公鸡。毛妹试着唤它，它立刻就从那平台上跳下，跑到她面前。不知怎么，它用力啄她的脚踝，啄得很疼，毛妹叫出了声。可是它居然从她脚踝那里啄出了一条两寸长的虫子。它将虫子三下两下就吃进去了。毛妹吓得哭了起来，大公鸡像安慰她似的蹲在她脚背上。毛妹想，它从家里跑到这里，它怎么会认得路？会不会是桔花将它带来的？毛妹用手摸着脚踝那里的伤口，一点都不疼，也许那只是一条蚂蟥吧。

有公鸡陪伴，毛妹的心情平静下来了。她坐在那里有了浓浓的睡意，于是伏在水泥台上睡着了。虽然睡着了，还听得到那人喊她：

"唐小毛，唐小毛，出来拿你的胭脂吧！"

毛妹醒来时，天还是没亮，但也并不那么黑，就像黄昏日落后的天色。她感觉到自己的衣兜里有硬东西，掏出来一看，是两个精美的小盒子，里头装着胭脂，两个盒子里面还各有一面小镜子。她从未见过这么高级的胭脂，一颗心在胸膛里怦怦直跳。她想要回家了，赶快回去把胭脂藏起来，免得桔花看到了妒忌她。这真的是巨人伯伯奖给她的吗？可她并没有主动去冒险啊！

她不再犹豫了，匆匆地走在回家的路上，她心里满是喜悦。

那座桥出了点问题：两条石板中的一条不见了，另一条也在当中的部位断裂了，裂口可以看得见。毛妹不敢过桥，可是不过桥就回不了家。她只好回到集市去等，希望有一个熟人出现，也希望天亮。她觉得天一亮集市就会有人了。说不定桔花也在集市的某个地方藏着呢，既然自己得到了礼物，桔花那么灵光的女孩，难道会不知道这个奥妙吗？这样一寻思，她低落的情绪又振作起来了。她回到了集市。

她绕着集市走了一圈，还是没碰到一个人。也许有人藏在那几个商店里头，百货店里不就藏着海带和她奶奶吗？毛妹站在文具店的对面发呆，心里打不定主意要不要去敲门，因为那张门紧紧地关着。她正犹豫时，有一位黑大汉挑着一担箩筐过来了。毛妹看见筐里坐着一男一女两个小孩。

黑大汉看见毛妹，就将箩筐放在地上，站在那里休息。

阿琳娜

"叔叔您这是去哪里?"毛妹问。

"去桥上。山泉下来了,这两个小家伙要去沟里捉螃蟹。"

"那石桥断了,我就是从那里来的,没法过桥了。"

"没法过桥?"黑大汉鼓着两只暴眼反问,"莫非你小看我?我告诉你:我是有办法过桥的!"

那两个小孩听了这话就都从箩筐里站起来,朝毛妹吐唾沫。

待他们离开后,毛妹远远地跟在他们后面,她倒要看看这三个人如何从断桥上过去。她想着这事,紧张得小腿发软。

那座桥已经看得见了。黑大汉走得很快,两个小孩在箩筐里唱着儿歌。

毛妹隐隐地听到了山泉的轰响,她站在路边一个土堆上睁大双眼想看个清楚。但是没有用,天不够亮,她只是看见黑大汉和那副担子在桥上闪了一下就消失了。他们是过去了还是摔下去了呢?毛妹跑到桥边。

桥还是那个样子,是断桥,桥下的山泉咆哮着,冲击着沟里的大石头,单是站在桥边都害怕,那两个小孩居然敢下去捉螃蟹!如果没有去捉螃蟹,他们仨如何过的桥?毛妹翻来覆去想这件事,越想越对自己感到绝望,就哭起来了。她刚一哭,就有人在背后推她。她回头一看,是海带。

"不敢过桥吗?你抓紧我的衣服后摆,我带你过去。"

"可是……"

"快!没时间了!"海带严肃地说。

毛妹羞愧地抓住海带的衣服后摆迈步。她不敢看下面,眼睛死盯着海带的后脑勺。她一步都没踩塌,顺利地过了桥。

"我明明看见……"她说,脸在发烧。

"过桥的时候眼睛不要乱看。"海带不耐烦地说。

阿琳娜

毛妹看见她返回石桥,像燕子一样灵活地飞起,跃过了那道缺口。海带跑了好远,忽又转身朝毛妹喊道:

"你要常来集市啊,别忘了老朋友!"

毛妹心中升起一股暖流,她不由得用手摸了摸衣袋,两盒胭脂还在。她激动得脸泛红。

回家的路变得很短了。天还是没有亮,但是路旁的水田里出现了一些人影。那些人一动不动地站在田里,并不像是在干活,倒像是在观察她。她有什么好观察的呢?难道他们看出她衣袋里装了精美的胭脂吗?毛妹加快了脚步,但有一个人令她不知不觉停下来。那人像一棵樟树那么高,立在田里一动不动。毛妹很想看清他的脸,但她的努力全是枉然。他的上半身仿佛裹在雾里。

"巨人伯伯!我是毛妹啊!我是唐小毛啊!"她喊了起来。

但那人还是一动不动。毛妹怀疑自己喊错了人,就不敢再喊了。

她继续往前走,不再去看那些田里的人,她觉得这些人实在是多管闲事。

她回来了,可是家门前的禾坪上还是静静的,向村里望去,也是一个人都没有。各种迹象令她觉得还是半夜!她一个人去了集市,在集市上经历了那种怪事,有人奖励了她两盒胭脂,她回家了,可家里还是半夜,同她离开时一个样。毛妹实在是想不通。

她溜进卧房,看见桔花睡在那里,于是放下心来。

桔花在黑暗中轻轻地笑。

"桔花,你在笑我吗?"毛妹一边爬上自己的床一边问。

"不是笑你,我是高兴呢。毛妹你想想看,这个夜晚这么长,我去了龙村一趟,来回十多里路,现在我又回家了,可家里这边还是半夜。要是天总不亮,要是一夜就等于好多天,那我们的寿命不就延长了吗？我躺在这里越想越高兴，连瞌睡都没有了。我在龙村那边的山坡上走啊走，到处撒着那些银镯子啊，银戒指啊，还有玉石耳环。我懒得去捡，顾不上，那里太好玩了。"

毛妹摸了摸衣袋里的两盒胭脂，心里想，看来桔花根本不会在乎这两盒胭脂，她连玉石耳环都不要，她的心大着呢。

"桔花，龙村那边天亮了吗？"

"那边亮着呢，要不我怎么能看见地上那些首饰！"

"你冒了几次险？"

"两次。"

毛妹明白了。她不能同桔花比，她俩太不相同了。她有点困了，就盖好肚子，打算睡觉。她巴不得一觉睡到大天亮。可偏偏那人又在外面叫起来了，还敲窗户呢。

"唐小毛！唐小毛！不要忘了取你的胭脂回

去啊！"

桔花问毛妹外面那人在喊谁，毛妹回答说：

"我觉得他是在喊你，你为什么不回答呢？"

"如果有人逼你去死，你会跟着他走吗？"桔花反问道。

毛妹觉得桂花提出了一个很严重的问题，她答不出，心里一下子又想起了集市上的百货店。那种惶恐的情绪又开始纠缠着她。她胆怯地，有几分欣慰地想，其实从来没有人逼她去死啊。总是有人出来保护她，比如今晚，海带就保护了她。说不定那巨人伯伯也在暗中保护她？

"我不会跟他走！"桔花激烈地说，"我另走一条路！这些年，我什么地方都去过，那些洞里沟里。世上没有我不敢去的场所！"

毛妹胆颤心惊，生怕窗外那人听见。她早已看见那人巨大的身影将窗玻璃遮了个严严实实，一丝光都透不进来。唉，真黑啊，桔花将她的睡意全冲走了。

她感到窗外的那巨人将她和桔花的五脏六腑都看得清清楚楚。她不能像桔花一样满不在乎,她做不到。

"桔花?"她颤声唤道。

"我在这里啊。"

"你有胭脂吗?盒子上带有小镜子的那种。"

"有过,后来不见了。我没去找它。"

"为什么不找?"

"不为什么,我从来不找东西。丢了就丢了。"

她俩不再说话了。毛妹紧张地盯着黑乎乎的窗户。禾坪上,她们家的那只公鸡又叫起来了。这种夜里,它一共要叫多少次?它自己去了集市,又自己跑了回来,这只公鸡该有多么聪明啊。

不知过了多久,毛妹发现窗户上出现了一个灰白的圆圈,她以为是巨人的脸。那圆圈逐渐扩大,一会儿,整个窗户都变白了。原来天亮了!

禾坪里公鸡的叫声此起彼伏,一共有四五只。

毛妹看见桔花在对面床上响亮地打鼾。

启明星

她用力朝那边山上看去,似乎隐隐约约地看见了一点白色在树丛中晃动。很快天色就暗下来了。再望天上,那启明星真的变成了绿色。

十三岁的中学生邱一萍暗恋着她的表哥。表哥三十五岁了,是研究热气球的科学家,他有个古怪的名字叫许雾。他是孤儿,父母早亡。邱一萍以前没见过表哥,可是最近一年多来,许雾常来她的村里进行热气球试验,就同邱一萍的家人熟起来了。

表哥一来村里,邱一萍就紧张起来,连上学都没心思了,一下课就死命跑回来,到东边山上去找表哥。表哥个子很高,戴一副眼镜,背有些驼,走路有些拖沓,看上去一点都不精明。

东边那座山叫坟山,海拔一千多米。许雾一般就在半山腰发动热气球,让气球顺着山飘,飘到小萍的村子上头。那时候,村里的男女老少都会出来看稀奇。每到这种时候,小萍就感到无比的骄傲。

但是表哥很少在小萍家过夜,一共只有过两次,都是在下暴雨的时候。平时他就睡在热气球下面用藤条编成的篮子里,那里面放着日常生活用品。小萍朝思暮想,希望同表哥一块坐热气球升空,但表哥从不邀请她。他说:"很危险啊。"小萍不相信他的话,她认为表哥一定是看不起她,不耐烦她的打扰。

在山里,表哥有时脱掉外衣,穿着水手汗衫,像虾公一样弯着腰修理热气球的加热器。有时呢,什么也不干,就坐在那里看天。不论表哥干什么,小萍就是愿意待在他旁边,哪怕待一辈子也愿意。

热气球是红色的,像黄昏落日的颜色。好几次,小萍觉得表哥看热气球的目光就像看着自己的爱人一样。小萍听父母说,表哥还没成家,也没有女朋友。会不会热气球就是表哥的女朋友？小萍在半夜里想到这个问题时两眼就会在黑暗中闪闪发光，周身也会发热。她在半夜时分编出了好几个表哥从前的女友的故事，她认定表哥从前是有过女友的。她是多么渴望同表哥在山里看月亮，看天上的星星啊！但那是不可能的，父母和邻居都会骂她"不要脸"。

星期天到了，邱一萍很早就起床，匆匆地干家务活：洗好衣，晾完衣，立刻就切猪菜，切完猪菜就喂鸡，喂完鸡扫院子，扫完院子做早饭。然后她大口大口地吃完两个焖红薯，偷偷溜出院子，撒腿就往坟山方向跑。她生怕家里人阻拦她。

她爬上山腰时，看见表哥还睡在那个藤篮子里头没起来呢。他用被子蒙着半边脸，样子很可笑。小萍的脚步声惊醒了他，他霍地一下坐起来，慌慌张张地找自己的眼镜。

"啊，我睡过头了，天亮前那段时间我累坏了。"他不好意思地说，"你想都想不到，小萍，我升到了山顶，然后再高，再高！忽然我看到了她，她像一只大鸟一样飞了过去！天哪！"

"谁？谁像、像一只大鸟一样飞、飞了过去？"小萍结巴起来。

"你不明白，你不明白。"表哥挥了挥手，显出一脸烦恼。

"我们不说这事了。"他又添了一句。

他穿着蓝白条子的水手汗衫，站在一旁洗脸刷牙，他的样子像一只鹭鸶。做完个人清洁，他就从篮子里拿出面包来吃。他将面包切成一小块一小块的，蘸上番茄酱，吃得很慢。他还请小萍吃，小萍拒绝了，她可不愿像个馋嘴小孩！

在小萍看来，表哥在想心事。他差不多将她的存在忘记了。

"表哥，让我坐一次热气球吧，就一次！"小萍哀求他。

"那怎么行!"他立刻警惕起来,"你爸、你妈要看见了,会要打断我的腰!还有那些村里人……你别瞎说了。"

"我们可以不让他们看见啊。我可以半夜跑出来,悄悄地,谁也不知道。你刚才不是说大鸟飞过去了,你没看清楚吗?要是你教我操作热气球,我来关照气球,你就可以将那大鸟看个一清二楚!"

小萍说这些话时一点把握都没有,可是她绝望了,只好豁出去。

表哥仿佛被她的话打动了,他用眼瞪着她问:

"你真这样想?见鬼,这是可能的吗?"

"当然可能!当然可能!一定的!"小萍叫起来。

表哥将包面包的纸折好,收起来,若有所思地看看身旁的那棵栗子树,然后慢条斯理地说:

"小萍,你坐下。"

小萍战战兢兢地坐在那块石头上,一脸涨得

通红。

"你认得启明星吗?"他问。

"我认得,我在黄昏时看见过她。"小萍松了一口气。

"我在黎明前看到的就是她!当时到处都是黑乎乎的,只有她在发光,她好像是绿色的。我伸出手,差不多要触到她了,可是有一股力死死地拉着我,于是我同她分开了。我真后悔啊,当时我为什么不跳过去呢?这样的机会可不是每个人都能遇到的,我竟然错过了,我到底是怎么回事?我降落在这里时,天已经快亮了,我突然就昏昏地睡着了。你是来帮我的吗,小萍?"

"我是来帮你的,表哥。"

"你觉得我会成功吗?"

"你一定会成功。"小萍小声说。她心里想的却是:"但愿你不要成功,你应该同我一块降落。"

表哥想起了什么事,皱起眉头问小萍:

"附近这两个村子里的人最近对我有什么议论吗？"

"有。我听人说，你是在找自己的坟墓。这是真的吗？"

"哈哈哈哈！哈哈！"表哥大笑起来。

"我绕着坟山飞，当然是想找一个合适的葬身之地。这件事应该同启明星有点关系的，你说呢？"

"我不知道。"小萍摇着头，脸色阴沉起来。

他俩沉默了。两人都是看一看天，又看一看山下的村子。

他们分手时约定：小萍午夜时分从家里溜出来，许雾到山下去迎接她。小萍下山时，表哥冲着她背后喊道：

"小萍，你下午可得睡午觉啊！你要是打瞌睡，咱俩都得完蛋！"

"知道了，表哥！我是不会打瞌睡的！"小萍兴冲冲地回答。

阿琳娜

她飞跑着回到家里,连忙挑着水桶去打水。她一轮又一轮,将两个水缸挑得满满的。她坐下来休息时,李嫂来串门了。

"你那表兄到底是人还是鸟?他从我头顶飞过去,我吓得跌倒在地!你想想看,这件事太出奇了,一个大家伙在你头上飞过来飞过去!我活了几十年,村里从来没有过这种事。"

小萍听得入了迷,她望着李嫂,咯咯地笑。

"有什么好笑?啊?"

李嫂离开时,小萍注意到她脸上也有笑意。表哥到底在玩什么花样?他要向村里人发出什么信息?

小萍吃完饭,收拾完厨房就上床了。她打算睡一个长长的午觉。

她闭上眼,数着数字。数着数着又激动起来,忘记数下去了。于是重来。重复了好几次,还是没有效果。看看钟,已经过去一个多小时了。她决定起来，去菜土里摘豆角。

她一边摘豆角一边瞟着坟山。有一刻，似乎看到一个小红点升到了山顶，再仔细看，又什么都没有，大概是阳光照花了她的眼吧。小萍想到表哥的危险花样时，就听到有人在她背后讲话。

"那许雾嘛，是活得不耐烦了。"

她转过身来，看见那条路上根本没有人。谁在说话呢？

整个下午，小萍都在忙豆角的活。洗呀，晒呀的，总算忙完了。

太阳落山时，她跑出房子，朝天上仔细看，用目光反复搜索，但根本没看到启明星。天上一颗星都没有。她正要进自家院门时，李嫂出现了，拦住她要她回答问题。

"许雾待在我们村里不走，是不是要娶你做他的媳妇？"

"胡说八道！"

阿琳娜

小萍气急败坏地推开她,冲进自家院子。

小萍很晚才睡。她上床之前偷偷地将后门打开了。

她隔一会儿就用手电筒照一下那面钟。快到两点时,她穿好衣服,偷偷地溜了出去。她站在院门口时还回头望了一下,她看见她的家显出深蓝色的阴沉的样子。这个用土砖盖起来的破旧的家怎么会是深蓝色?平时它总是那种黄不黄,灰不灰的颜色,莫非是月光在作怪?

小萍走得飞快,差不多是在小跑。一会儿她就到了坟山下。这座山在夜里显得特别大,仿佛它不是山,而是整个世界一样。然而表哥却不在山下等她。小萍又急又怕,听见自己的心在胸膛里猛跳。等了一会儿之后,她决心上山了。她想,也许表哥忘记了约定,在原来的地方等她。

她在爬山之际好几次听到怪鸟的叫声,她觉得自己要丧命了。她对自己说:"死就死吧。"在心里将这句话说了三次之后,胆子反而大起来了。还生出了一些自豪感。

终于看见表哥那白色的身影了。他坐在热气球旁边的石头上,垂着头,显然没觉察到她的到来。难道他已经忘记了他们的计划?

"表哥,我们出发吧!"小萍大声说。

"啊,是你!"他吓了一跳,"别急,你先坐下。"

小萍坐在另一块石头上,她的全身抖得厉害。

"天上的时间和地上是不一样的。"表哥慢慢地、一个字一个字地说。

"你教我操、操作吧。"小萍说话时牙齿打架。

"我都调试好了,没有什么要操作的。当她靠拢来的时候,我们要充分做好准备。如果我到那时决心已下,跳过去了,你就要立刻开始降落。那很容易,将开关扳一下就可以了。"

许雾说得很快,小萍没有把握地眨巴着眼,心潮起伏。

　　他俩坐进那个大藤篮子，表哥手握着操纵杆，气球慢慢离开了地面。小萍很害怕，她暂时不敢朝下看，她想让自己的情绪稳定下来。表哥开始不停地说话。

　　"小萍，你想都想不到我在空中的遭遇。一般人认为，热气球飞不了多高，但这只是一般人的看法。我已经告诉了你，我的确遇到了启明星，决不止一次！在那样的时刻，那个位置，我敢保证——你设想一下吧，如果当时有人帮我的忙，我会不会一个筋斗翻到那上面去？她是暗绿色的，我感到她的表面毛茸茸的，会不会是苔类植物？我真后悔，我这个人，总是事后聪明。小萍，我知道村里人对我的事业不看好，可我多么渴望他们的理解啊。这些人都是我的亲人，我的父母就是在这里长大的，后来他俩外出了。这件事你家里人没告诉你吧？因为那是一件丑闻！于是去年我就来村里了，像回到真正的家里一样。你一定感到奇怪——我为什么要睡在山里头？我也不知道为什么，我只有同村里人隔开，睡在山里，才能睡得安稳。村里人都是我的亲人，像李嫂啦，黄伯啦，刘叔啦，你的父母啦，这些人老在我梦里走来走去……"

他的话突然中断了，小萍感到了剧烈的眩晕。她想，一定是他们的篮子同山体相撞了，一切都完了。她用微弱的声音喊出"救命"。

她睁开眼，发现自己并没有完蛋。气球在下降，村子的屋顶已经可以看见了。那些屋顶正是她跑出来时看见的那种深蓝色，怪异而又可爱。

"表哥，我们在往下降，你不去追启明星了吗？"小萍心里微微有点失望。

"我太惦记我的亲人了，你是理解不了这种感情的，你还太小。你瞧，黎叔走出来了！他是去上厕所，他拉肚子了。我们村是杂姓村，来自各地的难民在这里聚拢来，建了这个村，你应该知道吧？"

阿琳娜

小萍一点都不知道他说的事。她用力看,还是看不到黎叔。在两栋房子之间,竹篱笆的旁边,好像有一个影子溜过去了,不过热气球顺风飘得太快,她没看清。

"表哥,让我们往上升吧!为什么老贴着村子游荡啊,我很想去看启明星。村里没什么东西好看。你瞧,你又转弯了,还是贴着屋顶飘,你到底在找什么?"

"我?你不是说过了吗?我找我的葬身之地啊。"许雾又哈哈笑了一阵。"我看到了你爸爸,他起来了,正在摸黑劈柴。他总是这样的。那一年我染上霍乱,是他将我背到了县医院。"

"可我们没法上升了吗?我想升到几千米的高空。"

"那是不可能的。我没告诉过你吗?我只有劣质的燃料,我的热气球最多只能升到五百米的空中……此外,我对高度不感兴趣。在这种死寂的夜里，我的心是同这个村子贴在一起的。"

"原来是这样啊——"小萍拖长了声音说。

她瞥了表哥一眼，看见他在窃笑。一刹那间，小萍看到了自己与表哥之间那无比遥远的距离。她两眼发黑，喃喃地问道：

"你从哪里来？"

起先表哥没有回答。过了一会儿，小萍听到他的声音仿佛是从地面传来，断断续续的。

"这是李嫂，她从窗口探出了头……她又走到了另一个房间。她挂念着我……她是我的亲人啊。嘘，你不要向外探，会吓着了她……这里有一团浓烟，是你妈妈在摸黑做早饭……"

小萍什么都看不见了，因为她的眼睛被突然涌出的泪蒙住了。她低声地、重复地问表哥：

"我要不要哭？我要不要哭……我要不要……"

"哭吧哭吧。"表哥说。

他的声音还是从地面传来，难道他已经不在自

阿琳娜

己身旁了？

小萍伸手往右边一摸，摸了个空！她汗毛倒竖。与此同时她听到一声闷响，藤篮子侧翻在地上，她滚到了旁边的稻田里。

东方已经发白。小萍爬了起来，浑身都是泥浆，成了个泥人儿。

妈妈站在田塍上喊她：

"小萍！小萍！你是怎么回事?！"

小萍将双手用田里的水洗了洗，就往家里走。她用双手蒙住脸，不让妈妈看见她的脸。

"我做梦！我做梦！"她一边走一边说。

"原来是做梦啊，真危险。"妈妈叹了口气。

一到家里小萍就去洗澡洗头。洗完澡洗完头她就进了自己的卧房，将门反闩了。

她在自己的床边坐下时，才回忆起刚才发生的事。为什么她滚进了水田，热气球又飞走了？她从稻田里爬起来时的确没看见热气球。她妈妈显然也没看见！那么，是表哥驾着热气球飞走了！小萍感到浑身无力，但是她的眼睛发干，哭不出来。她又记起当她在篮子里时，表哥的声音是从地面传来的，他说："哭吧哭吧。"那么，应该是热气球自己飞走了，表哥在她之先跳到了地面？小萍脸上一直火辣辣的，她真羞愧啊！她希望有个地方让她藏起来。

不知过了多久，她听到隔壁父母房里讲话的声音，是李嫂。

"今天早晨他没来。他就是这样，你特意等着看他时，他就不现身，同你玩捉迷藏。我受不了他老在我头顶上飞，比大马蜂还吓人！"

"他的实验快做完了，我估计他很快要离开了。"妈妈安慰她。

"真的吗？可我又不愿意他走，你说怪不怪？那年下大雪，他滑到井里，没被淹死。他的命真大。"

两个女人叹着气到前厅去了。小萍想，她们为什么叹气？

阿琳娜

当天傍晚，太阳正在落山，小萍站在菜园里看见了启明星。启明星不是绿色而是橘黄色。

"你看到她了吗?"表哥的声音从那边山上传来，遥远而微弱。

小萍低下头，脸上出现笑容。她用力朝那边山上看去，似乎隐隐约约地看见了一点白色在树丛中晃动。很快天色就暗下来了。再望天上，那启明星真的变成了绿色。